Milton Keynes UK
Ingram Content Group UK Ltd.
UKHW040056151124
2855UKWH00068B/153

جرائم وأسرار مثيرة
من ملفات الشرطة

الدكتور معتز محي عبد الحميد

جرائم وأسرار مثيرة من ملفات الشرطة

①

SAMEH Publishing

دار سامح للنشر

مقدمة

تفتقر المكتبة العربية عمومًا إلى المؤلَّفات التي تتناول الجريمة ومكافحتها من وجهة نظر القانون، وما ينبغي للمحقِّق أن يتبعه من خطوات للكشف عن الجريمة ووقائعها في أثناء التحقيقات مع مرتكبي الجرائم أو في إطار جمع الأدلة الاستدلالية.

والواقع أن هناك كثيرًا من الكتب والمؤلَّفات التي تناولت سرد الجريمة، ولكن في سياق الإثارة والمبالغة، التي تستهدف أصلًا ترويج القصة المؤلَّفة على حساب مصداقية الحدث أو الحادثة وتفاصيلها الحقيقية التي سُردت في أوراق التحقيق في مراكز الشرطة أو ملفات المحاكم.

إن القصة الجنائية تُعنى أحداثُها وسرديتُها بالبحث عن الغامض من الجرائم، والتقاط خيوط الحقيقة؛ من خلال احتمالات يزيدُها الخيال اختلاطًا وتعقيدًا، لنجد نهايتها الأخيرة أو خاتمتها ومصائر أبطالها بالوصول إلى الجاني أو الجناة المفترضين، وهو ما يُشبع فضول القارئ

المساهِم في اقتراح الطرق اللازمة للعثور على الجاني أو الفاعل الحقيقي، بين احتمالات الخيال الروائي وبين لعبة الإخفاء التي يفترضها السرد الجنائي في بنية الرواية.

ولكنَّ قصص هذا الكتاب وحوادثه هي ثمرة مشاهدات ومعايشات واقعية، أتاحها لي عملي اليومي والمهني لكشفها وحَل ألغازها في مهنية وحرفية وفراسة، كالحفاظ على المشهد كما هو في مسرح الجريمة المسمَّى (الشاهد الصامت)؛ لأهمية تفاصيله الدقيقة وقيمتها المادية، آخذًا في عين الاهتمام الأدلة الجنائية وتمثيلها سرديًّا في هذه القصص والحوادث وتحليل شخصية الجاني والدوافع الحقيقية لجنوحه وتكوينه النفسي والأسري. وكم أتعبتني المهنة لأكشف اللغز الإجرامي عبر الأدلة الجنائية والبصمات واستخدام علم الجينات والتكنولوجيا الحديثة؛ لغرض حماية المجتمع والحفاظ عليه من الانحراف. وتلك نقاط افتراق أوضحتها في سرد هذه الوقائع بين القصة البوليسية التقليدية وبين السرد الجنائي الجديد.

فليكن القارئ على ثقة بأن هذه القصص واقعية إنسانية، وأن شريرًا حقيقيًّا ابتدعها، وسيهتدي إلى حلها إنسان خيِّرٌ أقدرُ منه؛ ألا وهو رجل الشرطة المكلَّف بتتبع الجاني في القصة الجنائية.

إذنْ فنحن أمام تجارب إنسانية، يصور فيها الكاتب مظهرًا من مظاهر الحياة الاجتماعية، تتمثل في دراسة الأسلوب الإجرامي والنفسي والإخلاقي لمجتمعات الجريمة في بنية المجتمع العراقي،

آخذًا بعين الاعتبار تأثير هذه الحوادث واتساعها في كل بيئة ومحافظة ومكان وزمان.

وأخيرًا.. فإن النموذج التحقيقي للشرطة في هذا الكتاب هو صفة عامة لما يجب أن يكون عليه العقل التحقيقي والفراسة أينما وُجِدا، مع تأكيدي أيضًا على الخصوصية في ذلك؛ أي خصوصية هذا المحقِّق أو ذاك في الأسلوب الذي يتبعه.. وأملي كبير في أن أرفد المكتبة القانونية بنماذج إضافية عن ذلك الموضوع؛ لخدمة الصالح العام.

الأشرح

يوسف الأشرح.. هذا ليس اسمه؛ بل شهرته.

أصبح لا يرى في الحياة إلا اللون الأسود. نسي منذ سنواتٍ، لم يعد يتذكر عددها، أنه إنسان يعيش وسط البشر، بعد أن تحوّل إلى حيوان مطارد يخشى الناس، مثلما يخشونه ويخافونه. عاش مشردًا في شارع الرشيد ومنطقة الميدان ودربونة العمار، يقتات من الفضلات وبقايا الصمون. كانت هذه فترة من حياته، لكنه بعدها تعلم ألّا ينتظر، بل أن يمد يده دون دعوة. هكذا أصبح لصًّا قبل أن يبلغ الخامسة عشرة من عمره! لقد عاش طفولة بائسة حقًّا، لكنَّ شبابه كان أكثر بؤسًا. صار بلا مأوى بعد أن أصبحت الشوارع والأزقة بيته، وأصبح الرصيف فراشه، والسماء غطاءه الذي يلتحف به. ومثل أي لص، عرف الطريق إلى السجن، وتعلم هناك كيف يكون أكثر قسوةً وأكثر مكرًا، فهو يعيش وسط عالم لا يعرف الرحمة. لكنه كلما انقضت فترة حبس، سرعان ما عاد إليه مرة أخرى بعد أن يُقبض عليه مُتلبِّسًا

بسرقة جديدة!

هل أوقعه سوء الحظ كل مرة في قبضة الشرطة؟ أم قلة مهارته وأسلوبه الفظ في ارتكاب السرقات؛ فهو يتعمد إخافة ضحاياه بتكوينه الجسدي العملاق ونظرات عينَيهِ المخيفتَينِ؟

لا يعرف سوى أن سرقاته تكررت، وكذلك مرات القبض عليه ودخوله السجن، وأنه دائمًا الخاسر الوحيد؛ خسر سنوات عمره التي قضاها بين الأسوار، وخسر كتفه في معركة داخل السجن مع أحد السجناء.

وهكذا في المرة الأخيرة التي غادر فيها السجن، اتخذ قرارًا مصيريًّا بأن يتحول من لص إلى محتال!

تعلم الأشرح من بعض اللصوص في السجن إحدى الحيل الجديدة المبتكرة آنذاك؛ إنها حيلة الضحية النائمة، التي تعتمد على تخدير الضحايا قبل سرقتهم، حتى يفقدوا وعيهم، فلا يقدرون على الصراخ، ويتعرض اللص للافتضاح!

الحيلة بسيطة فعلًا؛ يذهب إلى إحدى صيدليات شارع الرشيد، ويشتري حبوبًا مهدئة؛ وهي حبوب تجعل متعاطيها يغطُّ في نوم عميق فور تناولها. ويشتري زجاجات «السيفون» و«الناملیت»؛ وهي مياه غازية رخيصة الثمن، وبطريقة ماهرة يفتح غطاء الزجاجة، ويذيب فيها الأقراص المهدئة، ثم يُغلقها بدقة وإحكام، وينطلق إلى أماكن

السينمات في شارع الرشيد، حيث يختار ضحيته من وسط الزحام. يقترب منه في أثناء قطع التذاكر، ويتعرف عليه، ويتبادل الحديث معه حول الفيلم، ثم يطلب منه قطع تذكرة له، ثم يقوده دون أن يشعر إلى الجلوس في صالة السينما، ثم يدعوه إلى تناول المشروب الغازي، ولكي يطمئن الضحية، يفتح الأشرح الزجاجة الأخرى ويشرب منها. وما إن يشرب الضحية زجاجته، حتى يفقد وعيه، ويستسلم للنوم مع عرض الفيلم، فيسرق الأشرح نقوده ومتعلقاته، ثم يخرج من السينما هاربًا تاركًا الضحية غارقًا في النوم!

احترف الأشرح هذه الحيلة، وتخصص فيها، واحتكر ممارستها داخل صالات سينما «الوطني» و«الرشيد» و«روكسي» وغيرها، وفنادق الدرجة الثالثة المنتشرة في شارع الرشيد المليئة بالقادمين البسطاء من المحافظات الذين يمكنه إغراؤهم وسرقتهم. وتصوّر الأشرح أن هذه الحيلة لن تجعله يسقط أبدًا في قبضة الشرطة، ولن يعود مرة أخرى إلى السجن، وأنه سيظل يسرق بسهولة ما يشاء مدى الحياة.

لكنه عاد إلى السجن مرة أخرى بسبب بنطلون!

دخل صالة سينما الرشيد في صباح يوم جمعة، ومسح المكان بنظرات عينَيهِ، وسرعان ما استقرتا على شابَّينِ صغيري السن، أحدهما في الخامسة عشرة والثاني دون ذلك بعام واحد. يجلسان على مصطبة في موقع الدرجة الثالثة (الأربعين) في انتظار عرض فيلم الكابوي المثير. سار نحوهما يوسف الأشرح، وجلس إلى جوارهما دون أن يعيرهما أي

انتباه أو اهتمام. لكنه بعد دقائق استدار إلى الكبير، وسأله عن موعد عرض الفيلم، فأخبره الشاب أن الفيلم الأول سيُعرض خلال دقائق. وهكذا انطلق يتحدث معهما، ويروي لهما أحداث الفيلم وأبطاله، وأنه يتشوق لعرض هذا الفيلم الذي شاهده أكثر من مرة. بعد دقائق دق جرس الصالة، وانطفأت الإنارة معلنةً بداية عرض الفيلم وبدء العرض.

ما حدث بعد ذلك تم بسرعة شديدة؛ فما إن بدأ عرض الفيلم وتوالت اللقطات، حتى دعاهما إلى تناول زجاجتَينِ من مشروب النامليت. وما إن تناولا المشروب، حتى سقط رأس الصغير على كتف الكبير الذي سقط رأسه على صدره! أسرع الأشرح باحثًا في جيوب الشابَّينِ اللذَينِ فقدا الوعي، لكنه كاد يصرخ من المفاجأة، لأنه لم يعثر في جيوبهما على فلس واحد! ووقف ينظر إليهما متحسرًا، لقد سقطا في غيبوبةٍ، لكنهما لا يحملان شيئًا سوى تذكرة دخول السينما. ولقد أوقعه حظه السيئ في ضحيتَينِ فقيرتَينِ، فماذا يفعل؟ امتلأ صدره غيظًا وهو ينظر إليهما.. وفجأةً أسرع يخلع بنطلون الشاب الكبير، فقد وجده من نوع (السرج)، ولطالما تمنَّى يوسف الأشرح أن يحصل على (بنطلون سرج).

وقبل نهاية الفيلم، خرج الأشرح من الصالة حاملًا البنطلون المسروق، واختفى في شارع الرشيد المزدحم بالمارة.

لم يستطيع بوَّاب الدرجة الثالثة إيقاظ الشابَّينِ من النوم بعد انتهاء العرض، فاستدعى عربة الإسعاف التي نقلتهما إلى مستشفى

في باب المعظم. وحين آفاقا، رويا للشرطة قصة الأشرح وزجاجة الناملیت المخدر.

عُمِّمت في اليوم نفسه برقية من شرطة الميدان بأوصاف لص البنطلون صاحب العينَين المشروحتَينِ على كافة مراكز شرطة بغداد. وبعد يومَينِ، قُبض عليه مخمورًا في غرفة بفندق في منطقة الحيدر خانة، وحُقِّق معه، واعترف بالواقعة، وأُحيل بعدها إلى المحكمة مع صحيفة سوابقه التي قضت بالحكم عليه بالحبس لمدة ست سنوات. وهكذا عاد يوسف الأشرح إلى السجن، ليقضي فيه هذه المرة ست سنوات.

وبعد أن أمضى في السجن مدة العقوبة المقررة، خرج منه مصابًا بأمراض الزهري والسفلس.

وقد وُجد ميتًا ذات يوم على أحد أرصفة شارع الرشيد، وفي جيب سترته ربع زجاجة عرق مستكي وخيارة عطروزي!

مَن الذي قتل ضابط المخابرات في القاهرة؟

عندما تقع جريمة، تُسرع أجهزة الشرطة والمحققون إلى موقع الجريمة، باذلين كل جهودهم للتعرف على الجاني، والتوصل إلى الأدلة التي تُدينه، ويقضون ساعاتٍ وأيامًا طوالًا في هذا الجهد الشاق. وقد يفشل هذا الجهد، لولا أن هناك قوى خارجية لا دخل للإنسان فيها تفرض العدالة بين الناس، ولها صوت أعلى من كل الأصوات؛ صوت يُوجِّه المحققين ويلفت الأنظار إلى الجاني، ومن دون هذا التوجيه ومن دون تدخل هذه العوامل التي تخرج عن نطاق فهمنا، لانتهتْ قضايا كثيرةٌ إلى (الحفظ لعدم التعرف على الجاني). وكثيرًا ما يُحكِم الجناة إتقان خطط جرائمهم.. كما في هذه الجريمة التي كلمة سِرّها الطمع والجشع.

اتفقت الزوجة والزوج على النصب على التاجر والضابط في المخابرات العراقية سابقًا أسعد عبد الهادي حيدر، الذي أراد استثمار أمواله في مشاريع تجارية في مصر. حرّض الزوج زوجته على العمل لدى

الضحية خادمة، وحاولت بكل الطرق إغراءه، لكنه رفض كل محاولات إغرائها للتقرب منه، فاتفق الزوجان على ضرورة سرقته بالقوة، فأستعانا باثنَينِ من أصدقائهما، وذهبوا إليه. ومن ذلك التاريخ انقطعت أخباره!

∗

حاول رجل في العقد السادس من عمره مقابلة مقدم شرطة قسم العجوزة لتسجيل أخبار مهمة عن فقدان شخص، وعندما سأله المقدم عن الموضوع المهم، أجابه الرجل أنه يطلب تسجيل شكوى وتحرٍّ عن شخص مفقود، فسأله المقدم عن اسم المفقود، فأجاب الرجل بصعوبة:

– أنا أملك أحد العقارات بمنطقة العجوزة، وقد حضر إلى مكتبي قبل شهر رجل خمسيني عراقي الجنسية، يطلب مني استئجار شقة بالعقار الذي أمتلكه لمدة شهرَينِ، لحين استقرار أوضاعه في مصر. وعلمت أن اسمه أسعد عبد الهادي حيدر؛ ضابط سابق في المخابرات العراقية، وقد حضر إلى القاهرة لإقامة مشروع استثماري ضخم، وترك زوجته وأبناءه في العراق. كان هذا الرجل طوال الشهر الذي قضاه في الشقة مثالًا للاحترام ودماثة الخلق، ولم يَرَ أحد من السكَّان أي مكروه منه. يغادر المنزل صباحًا، ويعود مساءً. ويبدو أنه يتابع أعماله ومشروعاته التي ينوي إقامتها. توقف صاحب العقار عن الكلام، ثم واصل كلامه:

- منذ حوالي أسبوع ونحن لا نرى هذا الرجل، وقد وجدنا شقته مغلقة. في البداية لم نُعِرِ الأمر اهتمامًا، لكنا شككنا في الأمر عندما انبعثت رائحة كريهة من داخل الشقة. طرقنا الباب كثيرًا، لكن لا أحد يجيب. لذا قررت إخباركم بالموضوع!

***

على أثر سماع الشرطة المصرية هذه المعلومات من صاحب العقار، تحركت قوة من رجال المباحث بعد أَخْذ موافقة النيابة المصرية بكسر باب الشقة. وعندما كسرت الباب، كانت المفاجأة!

الضابط العراقي ملقى على الأرض، غارقًا في دمائه، ومقيد اليدَينِ والقدمَينِ، وفوق فمه شريط لاصق. وفورًا أُخبر وكيل وزارة الداخلية لأمن الجيزة، فأصدر أوامره بالتحري والتفتيش وإلقاء القبض على الجناة. وشُكِّل فريق عمل لهذه الجريمة، شمل عدة ضباط برتب مختلفة واختصاصات جنائية عالية، وبعد عمل مُضنٍ وسريع ورحلة بحث استغرقت ثلاثة أيام، أُجريت خلالها تحريات كثيرة، جاءت جميعُها مؤكدةً أن الدوافع وراء ارتكاب الجريمة هو السرقة. كما جُمعت المعلومات حول شخص يعمل سمسارًا، يُدعى أحمد أبو المجد، وزوجته هدى لبيب التي تعمل خادمة واسم شهرتها ضُحى، قُبض علَيهما في منزلهما، واعترفا بعد القبض علَيهما وعلى شريكَيهِما في منطقة الجيزة، وهما إبراهيم سيد أحمد وكريم سيد عيد. قُبِضَ على جميع المتهمين، واعترفوا أمام النيابة بارتكابهم الجريمة بدافع السرقة. لكنهم لم يجدوا في

17

الشقة سوى ثلاثة آلاف دولار وجهاز موبايل وساعة يد!

❄❄❄

التقيتُ المتهمين داخل قسم شرطة العجوزة، وكان هذا الحوار:

– المتهم الأول: «اسمي أحمد أبو المجد، أعمل سمسار عقارات، كنت في أزمة مالية طاحنة، لذا فكرتُ في السرقة، ولم يكن أمامي سوى هذا الضابط العراقي، الذي عرفتُ من زوجتي أنه يمتلك أموالًا كثيرة في الشقة. في البداية فكرتُ أن أرسل زوجتي إلى هذا العراقي لتعمل خادمة عنده وتحاول عن طريق الخدمة إغراءه بأنوثتها المتفجرة ومفاتن جسمها والحصول منه على أي مكاسب مادية، ولكنه رفض دائمًا وامتنع عن إقامة أي علاقة غير شرعية. وعندما فشلت كل محاولاتي، قررت سرقته بالقوة، فاتفقتُ مع اثنَينِ من أصدقائي لاقتحام الشقة وسرقتها. في المرة الأولى ذهبنا إلى الشقة، وطرقنا الباب، وفُوجئ العراقي بنا، وسمح لنا بالدخول. ولكننا فُوجئنا أيضًا بأنه ليس بمفرده بالشقة، بل معه صديق يزوره، فقررنا تأجيل العملية ليوم آخر، فذهبنا في يوم الحادث بلا موعد سابق وطرقنا الباب، ففتح لنا، وسألنا عن سبب الزيارة، لكننا لم نعطه أي فرصة، فقد دفعناه بقوة داخل الشقة، فسقط على الأرض، وأغلقنا الباب جيدًا. حاول الضابط العراقي الاستغاثة والصياح، ولكننا وضعنا شريطًا لاصقًا على فمه، وطلبنا منه مبلغًا كبيرًا من المال،

18

وإلا قتلناه. لكنه رفض إعطاءنا، ولم يستجب لتهديداتنا، فقيَّدنا يدَيهِ وقدمَيهِ، وضربناه، وركلناه، وطعنَّاه بسكين. وعندما وجدنا أن الدم ينزف منه بغزارة، نقلناه إلى غرفة النوم. بعدها بحثنا في الشقة عن النقود، فلم نجد سوى ثلاثة آلاف دولار وجهاز موبايل وساعة يد ونظارة شمسية. عدنا بعد ذلك كل واحد إلى منزله، ولم نتوقع أن نسقط في أيدي العدالة بهذه السرعة».

انتقلنا بعدها إلى زوجة الدلّال المدعوة هُدى والعقل المدبر للجريمة، فبدأت كلامها قائلة: «لم أتخيَّل أن تكون نهايتي السجن؛ فقد حاولتُ إغراء هذا الثري بمفاتن جسمي ودلعي معه حتى أتمكن من النصب عليه، لكنه رفض وامتنع بأنه متزوج وفي انتظار مجيء زوجته خلال الأيام القادمة. وعندما فشلتُ في إقامة علاقة جنسية معه، قررتُ أنا وزوجي سرقته بالقوة، وبالاستعانة باثنَينِ من أصدقاء زوجي. وكانت هذه النهاية المحزنة، فسقطنا جميعًا خلف أبواب السجن».

في نهاية كلامها معنا، بكت بشدة، وقالت:

- أنا نادمة على ما فعلتُ، ونادمة لأنني شجعتُ زوجي على هذه الجريمة. لقد لعب الشيطان في رأسي، ولم أتخيَّل أن تنتهي هذه الجريمة بالقتل.

علبة الحلوى ومقتل المُترجِم

شعرتْ كريستين بالعجز وقلة الإرادة، وهو إحساس جديد عليها. وقد اشتُهرت بأنها امراة قوية منذ كانت فتاة صغيرة تزاحم الرجال في مدينتها الصغيرة، وتعمل بيدَيها مثلهم في حقل والدها. فعلى الرغم من جمالها وأنوثتها الصارخة؛ اضطرتها ظروفُها إلى طريق الخشونة منذ البداية. وجدت كريستين نفْسها وحيدةً في حقل والدها بعد وفاته في الرابعة من عمرها، ثم توفت والدتها وهي في مرحلة المراهقة. هكذا صار عليها أن تشق طريقها في الحياة بساعدَيها. وهكذا قررت من البداية أن تحقق ما تريد، وأن تصنع لنفْسها قوة تحميها من قسوة الحاجة والاحتياج.

عانت كريستين كثيرًا في بداية حياتها. فقد نافست الرجال في أعمالهم، وادخرت الدولار إلى جوار الدولار، حتى تحقق لها حلمها الذي تصبو إليه، وامتلكت ذلك المطعم والمقهى الكبير الذي أنشأته قريبًا من مزرعتها، والذي أصبح مقصد الوافدين إلى المدينة طوال اليوم.

وعندما افتتحت كريستين المطعم والمقهى بعد طول عناء وقروض، تنهدت في ارتياح وهي تشهده يغص بالوافدين من عُمَّال المزارع، وانهالت الدولارات عليها طوال اليوم. وهنا فقط نظرت كريستين إلى المرآة، لتكتشف الحقيقة المذهلة. لقد جرى قطار العمر خلال رحلة كفاحها المريرة دون أن تشعر. نسيت أنها امرأة في صدرها قلب يَخفق. صحيح أن لها أصدقاء يتوددون إليها، وأحيانًا تقضي ليالِيَ جميلة معهم، ولكنها مقتنعة أنهم لا يصلحون لتقترن بهم.

وأخيرًا اتخذت قرار الزواج بعقلها، لا بقلبها. فبعد أن تحقق لها الأمان والاستقرار المادي، نظرت كريستين من حولها بين روَّاد المطعم؛ لتختار مَن يصلح ليكون زوجها. وسرعان ما وقع اختيارها على أحدهم. نسجت حوله شباكها. كان رجلًا هادئًا مسالِمًا. يأتي إلى المطعم بعد انتهاء عمله في المزرعة، فيجلس وحيدًا يتناول طعامه، ثم يحتسي البيرة في صمت. اقتربت منه أكثر من مرة، وتحدثت معه حول عُمله، وتبين لها أنه فقير الحال، لا يملك شيئًا سوى أجر عمله، ويقيم في المزرعة نفسها التي يعمل فيها، وهي ميزة أخرى تؤكد صحة اختيارها؛ فقد كانت امرأة مسيطرة، ولا تريد أن يكون زوجها قويًّا بماله؛ فيختلفان. كلّ ما تريده هو زوج مسالم لا يعصي لها أمرًا. وكالعادة حصلت كريستين على ما تريد، فبعدما تقربت إلى الرجل وتوددت إليه، دعته إلى بيتها. وبعد العشاء وفي الفراش صارحته برغبتها في أن يكون زوجها. فُوجئ الرجل، ولم يستطع أن يُخفي عنها موافقته وسعادته بأن

يتزوج صاحبة المقهى، المرأة التي ذاعت شهرتها بين المزارعين وأصحاب المطاعم الأخرى؛ لجمالها وكفاحها وثروتها التي حصلت عليها دون مساعدة من أحد.

وتزوجت كريستين. أصبح جوني زوجًا مخلصًا لها. وعلى الرغم من أنه لم تكن هناك مشاعر ساخنة تربط الاثنَينِ، إلا أن الرجل بطبعه منذ البداية حرص على إرضائها قدر الإمكان. ولم يكن ذلك سهلًا، وبات واضحًا منذ الشهر الأول لزواجهما أنها صاحبة الأمر والنهي، وأنها فعلًا رجل البيت. وبدأ جوني المسكين يُعاني في صمتٍ من سطوة زوجته وعُنفها، لكن أشدّ ما آله هو حرصها الدائم على أن تؤكد له كل ليلة أنه بارد جنسيًّا في الفراش، وأنه لا يفهم مشاعرها ومتطلباتها، وأنها اختارته اعتقادًا منها أنه يفهم ويقدر المشاعر الزوجية؛ فبان لها أنه مجرد عامل مزرعة بليد، لا يفهم شيئًا سوى حرث الحقول وتنظيف الأبقار. وتصدعت حياتهما الزوجية قبل أن تسير في مجراها الطبيعي. وعندما جاء جوني ذات يوم ليعلن لها أنه تطوع في إحدى وحدات الجيش الأميركي العاملة في العراق، وأنه قرر السفر للعمل هناك، قالت له كريستين: «تريد أن تسافر إلى العراق لتجمع ثروة؛ لتصبح ثروتك مساوية لما أملك! لا بأس. أنت حرّ. سافر كما تشاء!».

لكن لا مبالاة كريستين بسفر جوني إلى العراق لم تستمر طويلًا؛ في البداية لم تعبأ بسفره ولم تهتم بأحاديث المزارعين رواد المقهى وأصدقائها المقربين؛ فقد تعودت منذ صباها أن تضرب بكلام الناس عُرض

الحائط. واستمرت في لا مبالاتها، حتى جاء وليم ذات مساء إلى المقهى. لم تستطع أن تبعد عينَيها عنه منذ اللحظة الأولى. شاب وسيم، أشقر، أخضر العينَين. عرفتْ منه أنه جاء ليعمل مشرفًا زراعيًا في إحدى المزارع الكبرى في المدينة. هل أحبته كريستين من النظرة الأولى؟ لا تدري. لا تدري سوى أنه أصبح اهتمامها الأول والأخير. تنتظر حضوره إلى المقهى على أحرّ من الجمر، فإذا جاء نسيت عملها وجلست معه ساهمة شاردة. استيقظت في قلبها كل المشاعر الدفينة، وملأ وليم قلبها وحواسها، فهامت به حبًا وعشقًا. ولم تستطع كريستين أن تطوي سر حبها في قلبها، وكعادتها قررتْ أن تحصل على ما تريد. بكل جرأة وطيش اختلقت مبررًا لتنفرد بالشاب الوسيم في منزلها، وبكل جرأة صارحته بمشاعرها وهما في الفِراش. وكادت أن تُصاب بالجنون عندما فُوجئت به يعترف لها:

- وأنا أيضًا. شعرتُ بأنني وقعتُ في حبِّكِ منذ اللحظة الأولى!

قالت والسعادة تغمرها:

- إذنْ لِننهلْ من هذا الحب؛ فالحياة قصيرة.

لكنه أطرق صامتًا، ثم عاد يقول لها بأسى:

- وزوجكِ؟

وكانت الإجابة:

- سوف أتخلص منه، وأبقى معك للأبد.

إذنْ لا بدّ أن تحصل على حريتها؛ لتتزوج مَن أحبته. وأسرعت ترسل إلى زوجها تطلب منه الحضور إلى مدينتها، فرد جوني: «لا يمكن. إن عقد عملي ينص على أن أبقى حتى نهاية العام». فأرسلت إليه صورًا جريئة مع وليم حبيبها الجديد؛ طالبةً منه أن يطلقها؛ لأنها وجدت الحبيب الذي يشفي القلب، فردّ عليها: «كلَّا. لقد تزوجتكِ برغبة منكِ، ولكن لن أطلقكِ بأمر منكِ. انتظري حتى أعود ونسوي الأمور من دون فضيحة».

لكنها لم تنتظر؛ فقد تحولت مشاعرها إلى ما يُشبه الجنون. وفي لحظة قررت أن تتخلص نهائيًا من زوجها الجندي المقاتل في العراق، لتتزوج من حبيب القلب. وهداها شيطانها إلى فكرة جهنمية لتتخلص من زوجها على بعد مئات الآلاف من الكيلو مترات؛ فاشترت علبة حلويات كان زوجها جوني يحبها بشغف، وفتحت العلبة، ووسط الحلوى دست له كمية من مادة الكلور السام!

أرسلت علبة الحلوى عن طريق البريد العسكري إلى زوجها في وحدته العسكرية في بغداد. وفعلًا تلقَّى الزوج علبة الحلوى في ذكرى عيد ميلاده. وجلس سعيدًا ليتناول قطعة منها، لكن في اللحظة نفْسها دق بابَ غرفته مترجِم عراقي. فرحَّب به وقال له: «لقد جئتَ في الوقت المناسب. تفضَّل لتأكل معي هذه الحلوى الأميركية اللذيذة التي أرسلتها إليَّ زوجتي بمناسبة عيد ميلادي». قَبِلَ المترجم العراقي الدعوة، وأكل قطعة من الحلوى. فكانت نهايته مع الزوج المسكين

حيث ماتا معًا!

أُحيلت كريستين إلى المحكمة الفيدرالية في ولاية تكساس، والتي قضت في النهاية بالحكم عليها بالحبس مدة عشرين عامًا وبالأشغال الشاقة. ولكن محاميها قال في دفاعه عنها: «لا يوجد ما يثبت أن علبة الحلوى لم تتعرض للعبث في أيدٍ عراقية خلال رحلتها من أميركا إلى العراق!»، فقضت المحكمة بإلغاء حكم الأشغال المؤبدة، وإعادة محاكمتها مرة ثانية. ثمّ قضت المحكمة بمعاقبة كريستين بالحبس مدة خمسة عشر عامًا. وهي الآن في السجن، وعمرها أربعون عامًا. ومن المفروض أن تقضي فيه خمس عشرة سنة أخرى في الزنزانة لقاء جريمتها البشعة!

حكاية عبَّاس كزة

يعرفه مركز شرطة الجعيفر وضباطه كلهم حق المعرفة، ويبتسمون كلما شاهدوه، وربما استدعاه أحدهم وتجاذب معه أطراف الحديث؛ ليروح عن نفسه من متاعب العمل.

اسمه عباس كزة. بلا عمل. يروح ويغدو طوال اليوم بملابسه الرثة. يصيح بألفاظ غير مفهومة، ويدور في درابين محلة الذهب والشيخ صندل، وهو محزم على الدشداشة، فيلاحقه الصبيان والأولاد مردِّدين: «عباس كزّة.. بيك هزّة»، فيلاحقهم عباس، راقصًا على النغم، وعلى تصفيق الصبية، هازًّا ردفَيهِ. أصبح عباس حديث المحلات والدرابين في جانب الكرخ وغيرها، وإن كان بعضهم يتحدث عنه بكثير من الحسد؛ لا لأنه غير مضطر للعمل ويحصل على قوته وملابسه من إحسان الآخرين؛ وإنما لأنه تزوج منذ فترةٍ فتاةً صغيرة رائعة الحسن، ظهرت فجاةً في محلة الذهب، ولا يعرف أحد من أين أتت هذه الفتاة؛ لأن هذه المحلة تضم أعرق القوادات واللقطاء والشواذ وبنات السبيل.

ولا يعرفون كيف رضيته زوجًا.

***

ذات صباح دخل عباس كزة مركز الجعيفر وصرخ وهلل ثائرًا.

سأله الضابط متندرًا: «ماذا بك يا عباس!».

صرخ عباس: «ضربتني، وطردتني من المنزل».

سأله الضابط مندهشًا: «مَن؟».

قال عباس: «زوجتي.. القحبة».

سأله الضابط: «ولماذا تضربك وتطردك من بيتك؟».

قال عبَّاس: «تريد أن تنفرد بأحد الجيران في بيتنا، ولا ترغب في أن أكون في البيت حتى لا أضايقهما».

استغرق الضابط في الضحك من غرابة الموقف، وسأله: «وماذا تريد؟ هل تريد أن نقبض على جارك وزوجتك؟».

ظهرت علامات الذعر على وجه عباس، وصاح: «لا.. ستغضب زوجتي إذا حدث ذلك، وقد تحرمني من دخول المنزل إلى الأبد».

سأله الضابط: «إذنْ ماذا تريد؟»

قال عباس: «أن تطلب منها ألَّا تفعل ذلك».

قال الضابط: «لماذا إذنْ لا تطلقها يا عباس وتستريح؟».

قال عباس: «أنا أحبها».

قال له الضابط: «إذنْ صارحها وقل لها إن ما تفعليه ليس من الصواب في شيء. أخبرها أنك تحبها.. ولا أظنها ترضى بالإساءة إليك».

وعلى الرغم من أن عباس كزّة لم يقتنع بهذا الكلام، إلا أنه غادر مركز الشرطة مغمغمًا بكلمات غير مفهومة، لكنه عاد وظهر في اليوم التالي صارخًا في وجه كل مَن يقابله، قائلًا: «سأشتري مسدسًا.. وسأقتله».

سألوه: «مَن الذي ستقتله؟»

قال عباس: «الرجل الذي يتردد على منزلي».

فانصرفوا عنه غير عابئين بتهديده؛ فهو مخبول لا يدري ماذا يقول. لكن سكان المحلة رُوعوا ذات مساء بصوت طلقة نارية تمزق صمت الليل، وعندما أسرعوا إلى مصدرها، كانت آتية من داخل بيت عباس كزّة، وحين دخلوه، وجدوا رجلًا ملقى على الأرض غارقًا في دمائه، وقد لفظ أنفاسه الأخيرة. وحين حاول بعضُهم إسعافَ الرَّجُل، فُوجِئوا بصوت في الظلام يقول: «لا تتعبوا أنفسكم؛ فقد مات»، والتفتوا ليجدوا عباس كزّة يبرز من الظلام وبيده مسدس. وسرعان ما حضر رجال شرطة الجعيفر مُلقين القبض على عباس، واعترف بجريمته ببساطة شديدة، قائلًا: «أنا الذي قتلتُه.. لقد سبق أن شكوتُ إليكم تردد شخص مجهول على بيتي في أثناء غيابي، لا يحق له التسلل هكذا في جنح الظلام إلى بيتي. كنت نائمًا وشعرتُ بِمَن يفتح باب البيت،

فهُرعت إلى المسدس الذي اشتريتُه من سوق الشواكة، وصحتُ فيه فلم يرد، فأطلقتُ النار عليه. لم أقصد قتله، بل أردتُ تخويفه.. لكنَّ الرصاصة اخترقت رأسه، فمات».

❈❈❈

وبدأ التحقيق مع عباس كزّة، سأله ضابط التحقيق: «هل كانت لزوجتك علاقة بأشخاص آخرين؟»

قال بأسى: «نعم».

– ولماذا لم تنتقمْ منهم جميعًا؟

– لم أستطع التصدي للجميع.. وعندما حصلتُ على المسدس تشجعتُ، وحدث ما حدث.

– هل تريد اتخاذ الإجراءات القانونية ضد زوجتك؟

– لا.

– لماذا؟

– لأنني أحبها!

استدعى قاضي التحقيق زوجة عباس، فجاءت. صبية في العشرين، باهرة الحسن، تبدو من عينَيها نظرات حادة أخاذة تنم عن ذكاء شديد.

سألها القاضي: «ما معلوماتكِ عن الحادث؟»

30

قالت: «لا أعرف شيئًا. كنتُ نائمة، واستيقظتُ على صوت رصاصة. في أول الأمر اعتقدتُ أن لصًّا تسلل إلى البيت، فصرختُ وهُرعتُ لأجد زوجي واقفًا ممسكًا بالمسدس، وعلى الأرض كان يرقد القتيل».

- ألا تعرفين شخصية القتيل؟

- أبدًا.

- زوجُكِ يقول إن القتيل كان قادمًا إليكِ في جنح الظلام، وإنه على علاقة غير مشروعة بكِ؟

- زوجي مخبول.. يقول ما لا يعي أو يفهم.

- لقد سبق أن اتهمكِ بأنكِ على علاقة بآخرين؟

- ألم أقل لك يا سيدي إنه مخبول ولا يعرف ما يقول!

كانت كل الظواهر تشير إلى أن جريمة عباس لا تعدو أن تكون حادثة دفاع عن الشرف، لكنَّ ضابط الشرطة خامره إحساس غامض بأن في الأمر شيئًا غير منطقي، فمضى ضابط التحقيق المكلَّف بالقضية يبحث عن شخصية القتيل بواسطة بصماته؛ لأنه لم يعثر معه على ما يفيد شخصيته الحقيقية، ولم يتعرف عليه أحد من سُكَّان المحلة. وقرر قاضي التحقيق حبس عباس عدة أيام، ثم قرَّر بعدها إرساله إلى مستشفى «الشماعية» للتأكد من سلامة قواه العقلية، لحين تقديمه إلى المحاكمة بتهمة القتل للدفاع عن الشرف. وكم ترك غياب عباس عن المحلة فراغًا؛ فلم يُشاهد متجوِّلًا في الشوارع وخلفه

الأطفال في مظاهرة كبيرة.

ثم حدثت مفاجأة لم تكن في الحسبان؛ فقد تمكن أخيرًا ضابط التحقيق من تحديد شخصية القتيل، وكانت المفاجأة أنه ابن عم زوجة عباس، وهو مزارع ثري ويملك أراضيَ زراعية في الحبانية، وأكدت المعلومات أن القتيل أعزب، وليس من الرجال الذين يقيمون علاقات غرامية محرمة.

ومضى ضابط التحقيق إلى قضاء الحبانية ليجمع خيوط القصة. وفي النهاية تمكن من الحصول على الحقيقة المثيرة، وكشف غموض الجريمة؛ واكتشف ضابط التحقيق أن الجريمة لم تُرتكب بسبب مغامرة غرامية للقتيل أو علاقة غير مشروعة كانت بينه وبين ابنة عمه زوجة عباس؛ وإنما هي جريمة قتل مدبرة بعناية وسبق إصرار وترصد.

اكتشف الضابط أن الوريث الوحيد للقتيل هو ابنة عمه زوجة عباس كزة، وأن ذهنها الشيطاني تفتق عن التخطيط لارتكاب الجريمة البشعة؛ لترث ثروة ابن عمها وأراضيَه، فوضعتْ خطتها مع زوجها المجنون، واتفقت معه على أن يختلق روايات كاذبة عن علاقات مشبوهة بينها وبين بعض الرجال، وعن عزمه على الانتقام دفاعًا عن شرفه. ثم أرسلت زوجَها إلى ابن عمها ليزعم له أن خلافًا حدث بينهما، ويرجوه الحضوَر للإصلاح والتوفيق بينهما، واقتنع المسكين بالقصة الوهمية، وسافر ليصلح بين ابنة عمه وزوجها، فسقط في الفخ الشيطاني. وبدلًا من أن يستقبلاه بالترحيب، وجد رصاصة الغدر تنتظره، فسقط قتيلًا!

جُلب عباس من مستشفى «الشماعية» مع تقرير اللجنة الطبية المختصة، فتبين أن قواه العقلية سليمة، وأنه ممثل بارع يؤدي دوره كرجل مجنون بإتقان. وأُحيل الاثنان إلى محكمة جنايات الكرخ، وقضت المحكمة بالأشغال الشاقة المؤبدة على الزوجة وعلى عباس كزّة. وهكذا انتهت أسطورة عباس كزّة من محلة الذهب.

المُلَّا

أقصى الجنوب. في وسط الهور؛ الذي تلهب شمسه الرؤوس، وتنقي الأبدان من دنسها، وتشعل الحمية في الدماء، وتنبت القيم والتقاليد، فتثمر طباعًا جميلة، طالما أسرتنا، وانحنينا لها اعتزازًا وتقديرًا وإجلالًا. كل ذلك كان من شيم الماضي الجميل، وسرعان ما تبدلت الصورة فانقلبت رأسًا على عقب؛ فنجد اليوم مَن يفرطون ويبيعون كل شيءٍ، بل من أجل الثراء يفرطون في أشياء كانوا حتى وقت قريب يضحون بأرواحهم دفاعًا عنها، ويبذلون دماءهم عن طيب خاطر حفاظًا عليها!

في هذا المكان، قُدَّمت زوجة شابة جميلة على طبقٍ من ذهبٍ لرجل مُحرَّف ومنحرف يدَّعي أنه رجل دين ومُلَّا! هذه الفتاة قدمت له برعاية زوجها الشاب ووالده وإخوته، وجهز الجميع الفريسة، وانتظروا أن ينتهي الرجل المسن من التهامها، حاملين أباريق المياه الباردة له، وكل أملهم أن يحظوا بنظرة رضى من ذلك الكهل الذي يأخذ

بيدهم إلى الثراء.

في إحدى القرى النائية في هور الحويزة حدثت هذه القصة، حينما فُوجئ صياد السمك البسيط وهو يجلس أمام كوخه قبل غروب الشمس برجل غريب يحوم حول الكوخ وهو يتمتم بكلمات وأحاديث دينية، ينظر إلى أعلى وإلى أسفل، ويلتفت يمينا ويسارًا، وينتفض جسده، وتنتابه حالة من الفزع، ثم يعود فيبتسم ويتهلل وجهه. والرجل يتابع المشهد في تعجُّب وحيرة شديدة، دفعته لأن يترك استكان الشاي الذي بيده ويقترب من الرجل الغريب، الذي لا يزال غارقًا في دهشته مستمرًّا في سلوكه الغريب، حتى اضطر إلى أن يمسكه من كتفه بعنف ليسأله: «ماذا تريد؟ وماذا تفعل؟»، والتفت إليه الغريب هادئًا غير مكترث بتساؤلاته، ونظر إليه مبتسمًا وسأله: «أهذا الكوخ لك؟»، فأجابه: «وماذا تريد من هذه الصريفة وصاحبها.. بويه.. عمي الصريفة مالتي؟»، فابتسم إليه قائلًا: «شايف ألف خير. مبروك عليك؛ أنت تستاهل كل خير»، فسأله الرجل: «يا خير يا بطيخ.. إحنا السمك ما شبعانين منه!»، وطلب منه الغريب أن يقبله ضيفا، وأخبره بأنه مُلَّا، وجاء قاصدًا إياه شخصيًّا، فرحب به، وجلسا أمام الكوخ بعد أن طلب الصياد من أهله إحضار الشاي، وراح الاثنان في حالة صمت بعد أن استحى الرجل من أن يسأل ضيفه ماذا يريد، وأي ريح أتت به إلى هذا المكان النائي في القرية البعيدة.

ظل الرجل يتفحص ضيفه الصامت الذي لا يزال شاردًا يغلق

عينَيهِ تارة، ثم يفتحهما، يضحك وحده، ويتهلل وجهه مرة، ثم ينكمش في ملابسه خائفًا فزعًا كأنه محبوس في قفص مع أسد مفترس. وكلما زاد فزعه، راح يتمتم بأدعية وكلمات غير مفهومة، حتى ظن صاحب الكوخ أن ضيفه مجنون. وبعد فترةٍ عاد الغريب إلى طبيعته بعدما ضاق به الرجل ذرعًا، وأمسك استكان الشاي الذي برد من طول الانتظار، وارتشف منه رشفات، ثم التفت إلى مضيفه وسأله عن أحواله وظروف معيشته، ورد عليه الرجل باستحياء: «أبشرك حتى السمك طار من الهور.. مستورة».

وطال بينهما الحديث، وشعر صاحب الكوخ بارتياح كبير تجاه ضيفه الغريب كأنه ينتظره حتى يستمع إليه؛ ليفرغ عنده همومه وأحزانه. فأخبره بأنه كان يعيش في القضاء مع أهله عالةً على ابنه الأكبر الذي يَعمل في الشُّرطة منذ سنوات، وكان هذا الابن يُغدق عليهم المال كل شهرٍ عندما يقبضُ الراتب، ووفَّر لهم هذا الراتب حياة بسيطة من المعيشة، فلم يحتاجوا بعده إلى شيءٍ من أحد.

واستمر الحال على هذا المنوال سنوات، حتى كشرت الحياة عن أنيابها من جديد، وتحالفت الناس ضد هذا الشرطي المسكين وأهله؛ فاضطر الابن إلى أن يهرب بجلده من القتل ذات يوم، بعد ليلة مأساوية قضاها مع أحد الهاربين من السجون، الذي هرب منه وأخذ سلاحه بعد أن هدد الشرطي بالقتل. عاد الابن الأكبر إلى عائلته خائفًا مرعوبًا بعد أن أصبحت حياته في تلك الناحية هي غاية الناس، بعد

أن أضحى الموت يحصد الناس فيها جميعًا من دون تفريق، وبكى الأب وهو يتذكر يوم عاد ابنه إلى البيت حافيًا عاريًا إلا من ملابسه الداخلية التي لا تكاد تستر جسده المنهك.

حاول الضيف الـمُلَّا أن يخفف عن الرجل، الذي قال في صوت منكسر: «ومنذ ذلك اليوم هربتُ أنا وأولادي من الناحية، وأتيتُ إلى هنا أعمل في صيد السمك حتى نوفر قوت يومنا، يوم أكو.. ويوم ماكو!». هدأ الرجل بعد أن أفرغ مأساته، وأفرغ ما في صدره، واعتذر لضيفه عن إقحامه في تلك المشاكل والهموم بدلًا من أن يقدم إليه الأكل والشراب، ولكن الـمُلَّا الغريب فاجأه بما لم يخطرْ يومًا على باله حينما قال له: «لا تحزنْ؛ لقد نجوتَ من الفقر إلى الأبد». وكانت كلمات الـمُلَّا الغريب مثل اللُّغز لم يعرها صاحب الكوخ اهتمامًا، فظن أن الـمُلَّا يحاول أن يجامله أو يخفف عنه مأساته، فشكره على شعوره وتعاطفه.

ولكن الـمُلَّا عاد يؤكد له من جديد كلامه. وانتبه صاحب الصريفة ليسأل الـمُلَّا عن قصده، فأجاب الـمُلَّا بعد أن اتكأ على حائط اللبن، واقترب من صاحب الصريفة ليهمس في أذنه قائلًا له: «انظر إلى تلك الصريفة القديمة والداوية والمتروكة! يقبع تحت أرضها كنز ثمين يكفي ليحول صاحب الصريفة وأبناءه وأحفاده إلى أثرياء». وراح الـمُلَّا يبالغ في وصف ذلك الكنز، كأنه يراه بأم عينَيهِ، ويطيل في الحديث عما يحويه من الذهب الخالص والفضة التي لا تُقدَّر بثمن. استمع صاحب الصريفة لحديث الـمُلَّا مشدوهًا، وطار في عالم الخيال

هاربًا من تلك الحصيرة التي يجلس عليها وينام حتى حفرت خيوط سوداء على جسده، وراح في أحلام الثراء للحظات، والـمُلَّا لم يتوقف عن الحديث، حتى انتبه صاحب الصريفة، وأفاق من أحلامه وهبط إلى الأرض مرة أخرى ليقترب من الـمُلَّا، حتى أوشك أن يجلس على بطنه، وسأله عن كيفية الوصول إلى ذلك الكنز، وأجابه الـمُلَّا بأنه يستطيع خلال أيام أن يجعله بين يدَيهِ، وأنه سيتحمل كل التكاليف مقابل الحصول على نسبة منه.

وافق صاحب الصريفة على إعطاء الـمُلَّا ما يريد، وأمسك يده وقبَّلها، وقرأا الفاتحة معًا! استنفر صاحب الصريفة أبناءه الأربعة بعد أن حكى لهم عن الكنز الثمين والحياة الرغيدة التي تنتظرهم، ولم يتركهم إلا ليناموا، وليتهم فعلوا فقد قضى الأشقاء ليلتهم هائمين في أحلامهم.. أحلام الثراء؛ لتعويض السنوات العجاف التي عاشوها لا هدف لهم سوى تدبير قوت اليوم، وغاية ما يتمنَّى كل شابٍّ منهم أن يأتي يوم يتزوج فيه أيَّ فتاة تزف إليه في إحدى الصرايف القديمة ولو على حصيرة و(دوشك) كما فعل شقيقهم الكبير.

وطالت ساعات الليل على الأشقاء غارقين في أحلامهم يحلم كل منهم في السقف المصنوع من البواري والطين وقصب الهور، حتى ملّوا وحاولوا دفع تلك الليلة التي تحول بينهم وبين ما يتمنون ببعض الأحاديث عما سيفعل كل منهم بنصيبه من ذلك الكنز الثمين، حتى لاح الصبح، وشعر الإخوة بتحرك أبيهم خارج الصريفة يصلي الفجر،

ثم ذهب ليوقظ الـمُلَّا الغارق في نومه.

وما إن استجاب الـمُلَّا، حتى انتفض الأبناء ليبدأوا رحلة البحث عن طوق النجاة الذي نبأهم به الـمُلَّا. واستمعوا إلى أوامر الـمُلَّا وتوجيهاته، وخلال دقائق أفرغوا الصريفة من محتوياتها البسيطة، وبدأوا الحفر في مكان حدده لهم، وبعد ساعات حفروا حفرة عميقة بعد أن أكد لهم أنه في هذه الحفرة وعلى عمق سبعة أمتار بالتمام والكمال سيجدون بابًا حجريًّا مزينًا برسوم وكتابات مسمارية، وبمجرد وصولهم إلى ذلك الباب، يبدأ دوره في فتح باب الكنز وإخراج ما وراءه مما لم يخطر على بال البشر. بعدما سمع الإخوة كلمات الـمُلَّا عن الكنز، تفانوا في عملهم لاهثين من شدة التعب والإجهاد، يكادون يأكلون الأرض أَكْلًا.

لم يسترح الأبناء إلا في موعد الغداء، عندما تبدَّد السكون المبطق على الصريفة بخطوات امرأة رشيقة وجميلة، تمشي على استحياء، تحمل فوق رأسها صينية كبيرة مغطاة بقطعة قماش بيضاء. نظرت إلى زوجها في الحفرة قائلة: «الغدا يا محمد»، والتفت إليها الـمُلَّا الذي يقف وحده فوق الحفرة وجميع الرجال غارقون في الوحل والطين، واقترب منها ليحمل عنها الصينية محملقًا في وجهها الأبيض الملفوف بفوطة سوداء حول رأسها وعنقها، فزادتها بريقًا، ثم وضع الصينية على الأرض، ولم يتمالك نفسه، ولم يمنعه وقاره من مطاردتها بنظرات استحسان ورغبة تخترق جسدها الفضي ومحاسنها المكفنة في ثوبها الأسود المتواضع، حتى غابت عن المكان، فانتبه الرجل وتماسك واستعاد وقاره من جديد.

طلب الـمُـلَّا من الشبان التوقفَ عن الحفر لتناول الغذاء. وبعد أن انتهى الـمُـلَّا والأب وأولاده من تناول الغذاء والشاي، قفزوا إلى الحفرة من جديد ليواصلوا الحفر، حيث لم يبقَ أمامهم سوى متر واحد ليبلغوا العمق الذي قرره الـمُـلَّا، وأرادوا أن ينتهوا منه سريعًا قبل حلول الليل. مضت الساعات والتعب والإجهاد وخيبة الأمل تراودهم بعدما تجاوزوا ذلك العمق بكثير. ثم تفجر الماء من قاع الحفرة، وارتفع حتى وصل بطونهم. وبدأت الشمس في الرحيل، تقتلع معها أحلام الأُسرة المسكينة التي لا تزال متشبثة بأحلامها. وطلب الـمُـلَّا منهم وقف العمل، وخرجوا الواحد تلو الآخر مطأطئي الرؤوس، بعدما دقت رؤوسهم فكرة الفشل. التفوا حول الـمُـلَّا. لم يجرؤ أحدهم أن يواجهه؛ بل خافوا أن يتسلل الإحساس بالفشل إلى الـمُـلَّا، فيتركهم في الوحل ويرحل.

قال الأخ الأكبر وهو ينظر إلى الـمُـلَّا: «لم نصل إلى العمق المطلوب يا سيدنا. لا يزال أمامنا كثير من الحفر.. أليسَ كذلك؟»، لم يرد الـمُـلَّا، ولكنه طلب منهم إحضار بعض قطع الفحم المشتعل، وأن يتركوه وحده، ويغلقوا الباب والشباك؛ ليستطلع الأمر. وأطلق الـمُـلَّا بخوره وظل يتلو أدعيته وبعض سور القرآن أكثر من ربع ساعة والأب وأولاده متحلقين حول الصريفة وأعينهم معلقة بالباب ينتظرون قدوم الفَرَج، وخرج إليهم بعد طول انتظار رجل غير الذي كان معهم. عيناه حمراوان جاحظتان تسيل منهما الدموع ووجهه قطعة من جهنم،

يسعل بقوة نافضًا ملابسه، وأفرغ الرجل وأبناؤه مكانهم ليفسحوا له مكان الصدارة في قلب مجلسهم. وقبل أن يجلس، طلب بعض الماء، فشرب. وبدأ حديثه بسؤالهم هل شاهدوا في الصريفة بعض الخيالات والأشخاص تتحرك في الظلام، فأجابوا بالتأكيد، وحكى كل منهم حكاية تؤكد صدق الـمُلَّا، فالتفت إلى كبيرهم، وسأله هل شعر بأشياء غريبة تعتري زوجته الشابة، فأجابه بـ(نعم)، ونظر الـمُلَّا إليه، وابتسم وصمت قليلًا، ثم قال: «أبشروا»، فسألوه عما يقصد، فأخبرهم بأن كل جهدهم كاد أن يذهب هباءً، ولكنه استطاع أن يصل إلى الحل!

اقترب الأب وأبناؤه من الـمُلَّا وتحلقوا حوله وبالغوا في الإنصات إليه، كأنَّ على رؤسهم الطير وهو يقول: «الكنز يحرسه جني طويل أسود، وهو الذي يخفيه عنَّا، ويفتح علينا عيون الماء التي أغرقتنا؛ لنبتعد عنه». وقبل أن يستولي عليهم اليأس، أضاف: «لكن من حسن حظكم وفقني الله إلى التفاوض مع هذا الجني المارد بعدما استحضرتُه واستحضرتُ ملوك الجان الحاكمين عليه، فوصلنا إلى اتفاق؛ وهو أن يتركوا لنا الكنز بكل ما فيه مقابل أن يختلّى الجني بمعشوقته الليلة بجوار الحفرة».

سألوه ضاحكين: «ومَن هذه الجنية؟»، فقال مقاطعًا: «لا تضحكوا من كلام الملوك». فارتعد الأبناء، وأبدوا أسفهم واعتذارهم، فقال الـمُلَّا: «إنها ليست جنية.. إنه يعشق زوجة أخيكم الكبير منذ كانت طفلة، ويسكن جسدها، ويأتيها في أحلامها؛ وهذا سبب تأخر إنجابها

إلى الآن. وقد وعدني ووعد ملوك الجن الحاكمين عليه بأنه إذا اختلى بها، فسوف يتركها إلى الأبد ويرحل، وبعدها تستطيع أن تنجب وتنتهي مشاكلها مع زوجها وينفك النحس الذي انعقد على البيت كله».

قاطعه الأب قائلًا: «لقد صدقت يا مُلَّا؛ فالغم والهم يحيط بنا منذ سنوات، وخيبة الأمل تصاحب أبنائي في كل عمل أو شغل يقدمون عليه، ولم أعرف السبب إلى الآن!»، وعاد الـمُلَّا إلى حديثه دون أن يلتفت إلى حديث الأب: «الأهم أنه سوف يترك الكنز بكل ما فيه من ذهب ومجوهرات وأموال لتبدأوا معًا حياة جديدة في العز والثراء. ولن يصل إليكم الفقر حتى أحفاد أحفادكم».

ظل الـمُلَّا يداعب أحلام الرجال صامتين من هول الصدمة. وشعر الابن الأكبر بالخجل، وطأطأ رأسه وقد أخذته حالة من الحيرة، ولم يتركه الـمُلَّا لحيرته طويلًا، فنظر إليه وابتسم وقال: «يا ابني، لا تفكرَ أتغير من الجن؟ إنه هواء يا ولدي! وهو يسكن جسدها ويسبب لها المتاعب». سأل الأبناء الـمُلَّا: «وكيف سيختلي بها؟»، شعر الـمُلَّا بأن خطته قد نجحت، فاتكأ على حائط الصريفة قائلًا: «سأدخل معها بعد العشاء إلى صريفتها وأُحصِّنها ببعض الآيات والأحاديث النبوية؛ لئلَّا يصيبها فزع أو أذى». فسأله زوج المرأة: «وماذا أقول لزوجتي؟»، ردّ الـمُلَّا: «قل لها إن الـمُلَّا سيعمل لها جلسة يقرأ على رأسها بعض الآيات القرآنية، ثم يكتب على جسدها بعض التعاويذ فلا يصيبها أذى، وكل ذلك من أجل الحمل والإنجاب».

قفز الزوج كأنه وجد ضالته في رد الـمُلَّا الحكيم، وذهب إلى صريفته ليبدأ رحلة الإقناع بعد أن قرر أن يسلم زوجته للمُلَّا مقابل الكنز. وبعد عشر دقائق، خرجت الزوجة تجرجر أقدامها كأنها تُساق إلى الموت، وأمسك الزوج يدها، ودخل بها إلى صريفة الحفر، وأجلسها على حصيرة فوق كوم من الطين والتراب، وخرج إلى الـمُلَّا ليزف إليه البشرى بنجاح صفقته وإقناع زوجته، ويطلب منه الدخول. أظهر الـمُلَّا ضجره وعدم اهتمامه، ثم نهض وذهب إلى الصريفة، ثم أغلق الباب خلفه. لكنَّه خرج وهمس لهم مؤكدًا أَلَّا يقتحم أحدٌ خلوتَهُ مهما حدث، حتَّى لو سمعوا صراخًا أو غير ذلك، وإلَّا ماتت الزوجة المسكينة، واحترق مَن يدخل الصريفة. استجابوا جميعهم لأوامر الـمُلَّا العجوز، والذي ظل يحذرهم، حتى أغلق باب الصريفة، وبدأ حيلته الكبرى.

بدأ الـمُلَّا حيلته مع المرأة الشابة متجاهلًا نظراتها، مدَّعيًا انشغاله بتعاويذه وإشعال بخوره، حتى اطمأنت، ثم راح يحدثها عن علاقتها بزوجها وما يحدث بينهما، وطلب منها أن تحدثه من دون خجل ليستطيع علاجها لتتحمل. وطال الحديث، وشعرت الفتاة بأمان أكثر وراحة في الحديث إلى طبيبها الـمُلَّا. طلب منها أن تنام على ظهرها، ثم قرأ عليها أدعيته وتراتيله من جديد دون أن تمتد يده إليه، وحين شعر باستكانتها، أخرج صرة من القماش من جيبه، وأخرج منها عشبًا أخضر، ووضعه على النار، وطلب منها أن تضع وجهها فوق موقد النار

في مواجهة الدخان المتصاعد، ففعلتُ ذلك عدة مرات، حتى ارتخت تمامًا وفتر جسدها وتيبست عضلاتها، ودارت بها الصريفة، وتدحرج رأسها على الأرض، وتعرى جسدها. وكلما حاولت أن تستر نفسها، لم تطاوعها يداها المرتخيتان.

حمل الـمُلَّا موقد الفحم وقرَّبه من وجهها، وهو يضيف كميات من العشب، حتى امتلأ المكان بالدخان الأزرق، وتحولت المرأة الشابة إلى جثة لا تقوى على الحركة. فجردها من ملابسها وهي تحاول أن تمنعه، ولم يطاوعها سوى لسانها المتثاقل الذي لم يَقوَ سوى على بعض الاستغاثات المخنوقة التي لم تتجاوزْ باب الصريفة، وعبث بجسدها دقائق، ثم خلع ملابسه، وافترسها بلا رحمة، وظل على حاله؛ كلما أفاقت، أشعل دخانه، فيعيدها إلى سباتها، حتى قضى ليلته التي حلم بها منذ أن وقعت عيناه عليها وهي تحمل صينية الغداء.

ظل الزوج وإخوته ينتظرون أمام الباب؛ ينتظرون الفَرَج، ويدعون للمُلَّا بالنجاح في صفقته مع الجني، حتى خرج قبل بزوغ الشمس وترك المرأة ملقاة على الأرض غائبة عن الوعي، بعدما أعاد سترها بملابسها، ودخل الزوج ليعرف مصير زوجته، فقال له الـمُلَّا: «سوف تفيق زوجتك بعد فترة»، قال ذلك كأنه طبيب خرج من غرفة العمليات، ثم أضاف: «قد تشعر الزوجة ببعض الصداع، ورُبما تُصاب ببعض التهيئات، أو تتوهم أشياء لا وجود لها، ثم تفيق بعد ذلك تمامًا». سأله أحد الإخوة عن الكنز، فأجاب: «بعد ثلاثة أيام يكتمل

البدر، وعند تمامه سوف تختفي المياه من الحفرة، ثم يظهر الكنز!»، وطلب منهم أن يُسافر إلى الناحية القريبة ليأتي ببعض البخور، الذي من دونه لا يمكن فتح باب الكنز. رفض الأب أن يدع الـمُلَّا يذهب قبل أن يتناول معه طعام الفطور. وأمام إصرار الأب، وخوفًا من الشكوك، وافق الـمُلَّا وتناول الطعام معهم، ثم ودعهم على أن يعود في المساء.

وقبل أذان الظهر، بحث الابن الكبير عن زوجته التي تركها نائمة في الصريفة، فلم يجدها، وظنها ذهبت لتبشر أمها في القرية القريبة بانتهاء أزمتها وقرب تحقيق حلمها بالإنجاب. ويعد ذلك بدقائق وعند مغادرة الـمُلَّا، فُوجئ صاحب الصريفة وأولاده بحضور والد الزوجة وإخوتها ومعهم بنادقهم وعصيُّهم مهددين الأب وأولاده بالقتل والفصل العشائري؛ لتعرض ابنتهم للاغتصاب من قِبَل الرجل الغريب وبموافقة زوجها ووالده لقاء الحصول على الكنز الموعود؛ الذي أصبح وهمًا وحسرةً عندما انتظروا وبحثوا عنه، ولم يعثروا على الـمُلَّا المزيف لا في الناحية ولا في القضاء، لقد تبخَّر.. كأن الأرض بلعته، ولكن الفضيحة أصبحت تلوكها الألسنة سنين عديدة.

جريمة في محلة الذهب

تفجر غضبه كالبركان في صدره، فغطَّى إحباطه وشعوره بخيبة الأمل. سخرت الملعونة منه كما لم يسخرْ منه أحد طوال حياته، جعلته يتجرع أكبر خدعة في العمر، ولم تترك له سوى الغضب والحقد والرغبة العنيفة في الانتقام منها. وكم أمضى الليالي ساهرًا ينظر إليها وهي نائمة في هدوء، ويدقِّق النظر في ملامح وجهها القبيح المشوه، ويتلذّذ بالبحث والتفكير بوسيلة ينتقم بها منها. وأخيرًا اهتدى إلى الفكرة الجهنمية: لن يتخلص منها مرة واحدة، بل سيُزيحها عن حياته تدريجيًّا! هكذا تفتق ذهنه الشيطاني عن الانتقام المريع...

كانت حياته سلسلة طويلة من العذاب والألم. لا يذكر كيف نشأ ولا يتذكر له أُسرةً. كل ما يعيه أنه وجد نفسه طفلًا لقيطًا يعيش في شوارع محلة الذهب في الجعيفر. ينام على الأرصفة، وفي بيوت القوّادات، ويتقاسم الطعام معهن. ويذكر، والألم ينهش ذاكرته، تلك المعارك والمشاجرات المستمرة التي خاضها مع الغواني والقوادين ومع

الكلاب الضالة التي تنهش جسده فوق أكوام القمامة وصناديقها في سوق الشواكة وحنون. وكم من المواقف الصعبة عاشها وحيدًا عندما كانت حيوانات الطريق تنتصر عليه وينهشه الجوع، فيُضطر إلى دق أبواب البيوت متسولًا لقمة، وكم اكتفى بدموعه وجرعات ماء عندما أُغلقت أبواب كثير في وجهه بقسوة. ومن الفقر والحرمان اختار لنفسه قانون الغابة ليعيش، اختار ألَّا ينتظر عطاء أحد، وأن يحصل بيدَيهِ على ما يريد.. حتى ولو بطريقة غير مشروعة. كظم آلامه وحقده. وحاول الاقتراب أكثر من الناس، وتظاهر بأنه يريد العطف، بينما في أعماقه يكره نظرات الشفقة وأيدي الإحسان التي امتدت إليه خيرًا ولجأ إلى تعلم حِرَف عديدة. وأخيرًا استقر في مخبز ليشتغل عاملًا فيه، وعلى الرغم من أنه لم يصلْ في يوم من الأيام إلى درجة الإجادة، لكن صاحب المخبز الطيب أبقاه في خدمته؛ شفقة به وعطفًا عليه بعد أن عرف ظروف حياته الصعبة. كان بحكم مهنته يذهب إلى كثير من البيوت والمطاعم والمحلات لتوزيع الصمون. وكم عانى وهو يختلس النظر إلى أصحاب هذه البيوت الذين يعيشون في هناء واستقرار، بينما هو شريد بلا أُسرة؛ وينام بعد عناء اليوم الطويل في مخبز الصمون.

وفي يوم تصور أن الحياة ابتسمت إليه أخيرًا. وفي أحد هذه البيوت التقى سُليمة. وعلى الرغم من أنه في اللحظة الأولى عندما فتحت له الباب كاد أن يولي الأدبار هاربًا، إلا أنه تخيل أن القدر أعطى له الخير مكافأةً لتحمله سنوات الحرمان.

سُليمة عانسٌ تعدت الخمسين من عمرها، ولا يمكن لأحد أن يصف بدقة درجة قبحها؛ فملامح وجهها أقرب إلى ملامح وجه رجل قبيح الهيئة، وصوتها أقرب إلى صوت حيوان يتحشرج وهو يُذبح. وعلى الرغم من هذا؛ فقد اعتقد أن سُليمة هي جواز مروره إلى عالم الثراء، والطائرة التي ستقله أخيرًا من دُنيا الفقر والحرمان إلى دُنيا الهناء والسَّعادة الأبدية.

كان الاتفاق بينهما واضِحًا؛ وعدها بالإخلاص، ووعدته بالثراء ورغد العيش.. وهكذا تزوج الاثنان.

وفي الأيام الأولى أغمض عينَيهِ عن قبح وجهها، وأكل كما لم يأكل في حياته، ونام مستريحًا على فراش وثير مودِّعًا النوم على الأرصفة والأرض نهائيًا. وبعد أن انتهى شهر العسل، صدمته بالحقيقة المروعة عندما أيقظته مبكرًا طالبةً منه أن يذهب إلى العمل. سألها متكاسلًا:

- لماذا أعمل ولدينا هذه الثروة؟

ابتسمت ابتسامة غامضة زادتها قبحًا، وقالت:

- لا بد أن تذهب إلى المخبز.

سألها بدهشة: «لماذا؟».

ردت عليه سُليمة بصوتها الجهوري:

- لكي نعيش يجب أن نأكل. ولتعلم يا زوجي الحبيب أنني لا أمتلك ثروة كما زعمتُ لك، وكل ما أملكه هو هذا البيت ودنانير قليلة

من معاش والدي التقاعدي التي لا تكفي لإعالة شخص واحد!

مذهولًا نظر إليها، وارتجف بدنه وهو يستوعب الحقيقة. لقد خدعته المرأة الدميمة وجعلته يتزوجها لأجل ثروتها، بينما لا ثروة لديها ولا يحزنون. لحظتها فكر أن يطبق على عنقها بيدَيهِ ويخنقها، لكنه تمهل، وآثر أن ينتقم منها بشكل أكثر وحشية.

حبسها في المنزل بعد أن أغلق النوافذ والباب، واحتفظ بالمفتاح لنفسه. وفي صباح كل يوم ينهال عليها ضربًا بوحشية حتى تفقد الوعي، وبعدها يحضر سُكينًا حادة، يمزق بها قطعة من جسدها، ثم يتركها وسط الدماء، وينصرف بعد أن يغلق الباب خلفه جيدًا، واستمر على هذا المنوال أسبوعًا كاملًا. يعود فيجدها شبه مغمى عليها تئن من آلامها والدماء تغطيها، فينهال عليها ضربًا، ثم يحضر السكين ويمزق قطعة أخرى من جسدها!

وبدأت سُليمة تسير نحو الموت البطيء، ولكن القدر كان يخبئ لها الحياة.

ففي أحد الأيام وبعد أن انصرف زوجها في الصباح، دق أحدهم الباب، ولم تستطع سُليمة التي أصبحت مجرد أشلاء أن تزحف لتفتح الباب، فصرخت مستغيثة، وأخيرًا سمع الطارق استغاثتها، وكان ابن عمها الذي جاء بعد غياب لزيارتها وتهنئتها بالزواج السعيد، واستعان ابن عمها ببعض الجيران، فحطموا الباب لينقذوها وهي على وشك الموت بعدما نزفت كمية كبيرة من الدم. غطَّى الجيران أعينهم اشمئزازًا

من مظهرها وقد تقطعت أجزاء كثيرة من ساقَيها وكتفَيها، وسرعان ما نقلوها إلى مستشفى الكرامة.

في اليوم نفْسه قبضت شرطة الجعيفر على زوجها، فأُحيل إلى التحقيق، وبعدها إلى المحاكمة بتهمة الشروع في قتل زوجته الدميمة بالموت البطيء.

كيف هرب من سيارة التسفيرات؟

كان ركاب الحافلة حقًّا ركابًا غير عاديين؛ يرتدون جميعًا ملابس متشابهة اللون حمراء، وتنطق نظرات أعينهم بالغضب والحسرة والألم والحزن. هم سجناء، قدموا من سجن بوكا في البصرة، ويتجهون إلى سجن التسفيرات في بغداد. جلس رجال الشرطة الذين يحرسونهم خارج السيارة بجانب السائق يدخنون السجائر باطمئنان، بعدما تأكدوا من إحكام إغلاق الأبواب من الخارج. لم يكن هناك احتمال، ولو بنسبة واحد من المليون، أن يهرب سجين واحد من داخل السيارة الكبيرة، إلا إذا تضاءل حجم أحدهم وأصبح بحجم ثقب المفتاح، وهرب من ثقب باب السيارة! لكن الدقائق التالية بددت اطمئنان الشرطة بعدما حدث المستحيل؛ فبعد ساعة من بداية الرحلة التي تحمل السجناء من البصرة إلى بغداد لتوزيعهم على السجون المختلفة، بدأت قصة الهروب المثيرة!

يقتضي نظام الحراسة أن يفتح أحد الحرّاس باب السيارة المغلقة

كل ساعة ويدخل داخلها ليطمئن على وضع المساجين. وعندما دخل الشرطي في موعده وقف صامتًا داخل السيارة وهي تسير بعنف، وبدأ عملية الإحصاء التقليدية للمساجين؛ وفجأةً اتسعت عينا الحارس ذهولًا، وصرخ مناديًا رئيس الحرَّاس، الذي هُرع إليه ليسأله: «شكو بيك؟ احجي!»، أجاب الحارس المذهول: «مستحيل.. مستحيل!»، صرخ رئيس الحراس بعصبية: «تكلم ماذا حدث؟»، أخذ الحارس يغمغم مذهولًا: «لا يمكن أن يحدث.. غير معقول.. لقد اختفى أحد السجناء!»، وللحظة لم يفهم رئيس الحرَّاس الكلمة؛ اختفى أحد السجناء! كيف وباب السيارة مغلق؟ هل تبخر في الهواء؟!

واندفع رئيس الحراس وسط السيارة، حيث ازدحم السجناء وشكلوا ما يُشبه الحائط البشري. أزاحهم جانبًا، ثم تسمَّر في مكانه وهو ينظر إلى أرضية السيارة، فبدا أسفلت الشارع واضحًا تمام الوضوح من خلال ثقب واسع، أحدثه السجين الهارب في الأرضية. وخلال دقائق أُعلنت حالة الطوارئ في سجن بوكا، بعد الاتصال بهم بواسطة جهاز اللا سلكي، وإبلاغهم باسم السجين الهارب وعنوانه وكيفية هروبه بتلك الطريقة الجهنمية.

السجين الهارب، محمود، مجرم محترف، ارتكب كثيرًا من جرائم السطو المسلَّح على السيَّارات والناس الأبرياء، وقد صدر الحكم بحبسه ونقل محاكمته إلى بغداد. وقد اتخذ قرار الهروب بعد علمه بأنه سينتقل مع باقي السجناء من سجن بوكا إلى سجون التسفيرات في

بغداد. أدرك محمود أن من المستحيل القيام بمغامرة الهروب من داخل السجن؛ فالحراسة شديدة، والرقباء ملتصقون بالسجناء. وهذه هي الحالة نفسها في سجون التسفيرات في بغداد. لم يعد أمامه سوى أن يحاول الهروب في أثناء عملية نقل المساجين. سأل حتى علم أن الرحلة ستتم بالسيارات الكبيرة، وكاد ييأس من التفكير من الهروب، ولكن عندما علم أن المسجونين سيُوضعون في سيارة كبيرة تُخصص لهم، وستظل مغلقة من الخارج طوال الرحلة، وليس في هذه السيارة منافذ أو نوافذ إطلاقًا، فرح وقال لنفسه: «إذنْ لا بدَّ من إحداث منفذ في السيارة، ما دام لا تُوجد بها أي منافذ!».

بعد أن تحركت السيارة الكبيرة من سجن البصرة، استجمع محمود شجاعته، وأغمض بعض زملائه السجناء أعينهم وهم يشاهدونه يخرج آلة حادة ودرنفيس من بين طيات ملابسه الداخلية، وجلس القرفصاء على أرضية السيارة، ثم رفع البليت الحديدي. لقد تعود نزلاء السجون أغماض أعينهم عما يفعله الآخرون؛ فإن ذلك أفضل مما يوقعهم في سين وجيم ومشكلات لا تنتهي!

هكذا ظل محمود يحفر أرضية السيارة بإصرار، ولم يشعر بالخوف من أن يكتشفه الحراس الموجودون خارج السيارة؛ فقد كانت الضوضاء التي تُحدثها السيارة فوق أسفلت الشارع المتهالك تغطي على كل شيء! ومرت دقائق والثغرة التي يفتحها السجين تتسع شيئًا فشيئًا. وأخيرًا نهض على قدمَيهِ بعد أن أصبحت كافية ليتسلل منها. وقف

ينظر بخوف إلى أسفل السيارة وهي تمر على الأسفلت بسرعةٍ متناهية ودون توقف. أغمض عينَيهِ؛ حتى لا يفكر في العدول عن مغامراته، ثم فكر سريعًا في أن السيارة تُبطئ سرعتها عند بعض المطبات والمنحنيات في الشارع، وعليه أن يستغل هذا للقيام بمحاولته. ظل ينظر وأعصابه مشدودة خوفًا من دخول الشرطي. وأخيرًا بدأت السيارة تتوقف وتهدِّئ سرعتها عندما ظهر أحد المطبات في الشارع. وفي لحظةٍ تسلل محمود بجسده الضئيل من الفتحة، تدلَّى منها حَذِرًا، ثم ترك جسده يسقط على أسفلت الشارع، وصرخ على الرغم منه من شدة ألم الارتطام بالشارع؛ فقد كاد رأسه ينفجر عندما اقترب من عجلات السيارة الخلفية.. كانت لحظة رهيبة؛ تصور أنه مات أو أن إطار السيارة مزَّق جسده ورأسه على الأسفلت، وأغمض عينَيهِ مُستسلمًا للألم والصوت الصارخ!

وسرعان ما فتح السجين الهارب عينَيهِ. كانت السيارة تمضي بعيدًا، وأخذ يتحسس جسده في ذهول وهو لا يصدق أنه لا يزال على قيد الحياة. وأفاق من ذهوله ليجري مبتعدًا عن الشارع. اختبأ خلف بعض الشجيرات والتقط أنفاسه، ثم خلع ملابس السجن الحمراء التي يرتدي تحتها سروالًا وقميصًا عاديَّينِ. سار مفكرًا في هدوءٍ: ماذا يفعل الآن؟ فكر السجين الهارب في أنه لو حاول المضيَّ إلى بغداد، سيقع فريسة سهلة بأيدي السيطرات وقوات الأمن المنتشرة في الشوارع. فلا بد أن هروبه سيُكتشف بعد قليلٍ، وسينطلق عشرات رجال الشرطة إلى

بيته لمراقبته ومطاردته في كل الأماكن التي سيلجأ إليها. إذنْ عليه أن يتسلل إلى مدينة تبعد عن طريق بغداد- البصرة. وهمس لنفسه: ماذا لو ذهبتُ إلى مدينة كربلاء؟ لن يبحث أحدٌ عني هناك، ولن يتخيل أحد أنني قد أذهب إليها.

هكذا استوقف محمود سائقي اللوريات والشاحنات، وطلب منهم اصطحابه إلى مسافة معينة من الطريق، وفي كل مرة يروي للسائق قصة مختلفة. وفي النهاية وضع السجين الهارب قدمَيهِ في مدينة كربلاء، شاعرًا بالأمان!

❋ ❋ ❋

وضع مدير شرطة كربلاء سماعة هاتفه بعد أن أجرى عدة مكالمات مع ضباطه المنتشرين في أماكن كثيرة من المدينة، الذين سيقومون جميعًا بمهمة واحدة؛ هي تأمين سلامة الزوار الذين يتوافدون على المدينة بعد أيام. وبهدوء شديد دخل إليه رجل وقور قائلًا: «سيدي، السجين الذي هرب منذ أيام، وعُممت أوصافه إليكم.. هو موجود عندنا». واتجهت أنظار المدير في ذهول إلى الرجل الوقور، التي تلوح الدموع في عينَيهِ. طلب مدير الشرطة من الضباط أن يتركوه مع الرجل، وهدَّأ من روعه، حتى تمالك أعصابه وتكلم.

قال الرجل الوقور: «نعم. هو قريبي، ولكن أريد أن أساعدكم في القبض عليه وإعادته إلى السجن مرة أخرى؛ لأنه كثير المشكلات،

ولا يعرف الرحمة. إنه يريد يا سيدي أن يرتكب جرائم أخرى تؤدي بحياته إلى المشنقة. إنه إنسان مريض بائس وحيد. لقد علمتُ منه أنه سيُحضر جواز سفر ويغادر إلى إيران بعد أيام. لقد أرسل إلى زوجة أبيه التي تُقيم في بغداد يطلب منها إعداد الجواز وبعض النقود لتساعده في الهروب. أرجوكم اقبضوا عليه لكيلا يستمر في ارتكاب جرائم أخرى!».

وهُرع المدير مع ثلة من رجاله إلى حي شعبي، متنكرين في ملابس مدنية وشعبية، وجلسوا في إحدى المقاهي المنتشرة في القضاء منتظرين مجيئه. وأخيرًا ظهر السجين الهارب وسط الشارع، وفي ثوانٍ أحاط به المدير وضباطه وقبضوا عليه. لكن المفاجأة أنه لم يحاول المقاومة، بل استسلم لأيدي الضباط بهدوء.

وفي غرفة مدير الشرطة، بكى محمود، وقال: «لقد تعبتُ من الهروب كالحيوان المطارد. لا صديق ولا قريب لي. لقد اعتقدتُ أن لساني فَقَدَ قدرته على الكلام طوال أسابيع من هروبي؛ لأنني لم أتحدث إلى أي إنسان. أخافُ الجميع.. حتى أصبحتُ أخاف من ظلي».

حسيبة أم الذهب!

حسيبة.. سيدة طيبة للغاية. إن كل ذرة في جسدها الضخم المترهل تهتف بحبها للخير والناس. ضحكتها صافية رائعة. صوتها مرتفع ومميز. فمها مشغول دائمًا بالحديث، فلا تتوقف عن الكلام إلا لتأكل، ثم تعاود الكلام مرة أخرى. تقبلت جارات حسيبة هذا الأمر بطيب خاطر، لا لأنها صاحبة البيت وهُنَّ مستأجرات لديها؛ ولكن لأنهن يعلمن فعلًا كم هي طيبة وتحب مصادقة الناس والحديث معهم. تتحدث حسيبة في كل شيءٍ وكل موضوع يخطر على بالها، لكنَّ موضوعها المفضل وحديثها المحبب يدور حول محور واحد: الذهب؛ فالذهب صديقها الوحيد؛ فقد عاشت هذه الأرملة الضخمة حياة طويلة عريضة، بدأت منذ تزوجت وهي فتاة صغيره في العزيزية، وصحبها زوجها إلى بغداد حيث انتقل ليعمل ويستقر مثل مئات القرويين وأبناء الريف الذين جاءوا إلى العاصمة بحثًا عن فرص العمل، وعاشت حسيبة مع زوجها الذي يعمل في مهنة البناء.

وبعد سنوات من الكفاح أصبح مقاولًا، وكوَّن ثروة لا بأس بها، واشترى قطعة أرض في منطقة الوشاش، وبنى عليها دارًا واسعةً، وعاش حياة هادئة مع زوجته، ولم ينغص هذه الحياة سوى عدم قدرته على الإنجاب، فعوَّض زوجته بالمعاملة الطيبة وبإغداق الهدايا عليها، ومعظم هداياه إليها مصوغات ذهبية.

ومرت سنوات العمر سريعًا، وكبر الزوجان، لكن الشيخوخة كانت أسرع في الوصول إلى الزوج المكافح. وسرعان ما عانى من الأمراض، ولم يحتمل جسده الذي أُنهك في مهنة البناء الشاقة، فرقد طريح الفراش، وبعد شهور رحل عن الدنيا، تاركًا أرملته لوَحدتها وللدار الواسعة والمصوغات الذهبية.

غرس الزوج الراحل دون أن يدري في نفْس زوجته حبًّا لا يُقاوم للذهب، ولطالما تباهت الأرملة الضخمة بارتداء مجموعة هائلة من الأساور الذهبية في كلتا يدَيها، وناء عنقها بأجمل السلاسل والعقود الذهبية. وتكاد أذناها أن تسقطا من مكانهما لثقل القرطَينِ الذهبيَّينِ الهائلَينِ اللذَينِ ترتديهما، إضافةً إلى حجل ضخم في رجلَيها.

ما إن تصل جاراتها، حتى تبادرهن: «كم وصل سعر مثقال الذهب اليوم؟»، وكم تساوي مصوغاتها؟ وماذا حدث لها عندما ذهبت في المرة الأخيرة إلى محل الصائغ لشراء مزيد من الذهب؟ ومن فرط حبها للذهب وسط جيرانها، لقَّبوها بـ(أم الذهب)!

ذات يوم جاءتها إحدى صديقاتها قائلةً لها:

– لماذا لا تستدعين الشيخ خوصة يقرأ لكِ بختكِ!

سألتها حسيبة: «ومَن الشيخ خوصة؟!».

قالت الصديقة مندهشة: «ليش أنت متعرفينه؟ إنه شيخ معروف وعلى إيده طيب هواية ناس! ولديه قدرة عجيبة على الاتصال بالجان وقراءة الكف، هذا إلى جانب قدرته على شفاء المرضى».

قالت حسيبة بحسرة: «ومن أين لي بمثل هذا الرجل لينقذني من آلام ظهري التي تمنعني من الحركة؟».

قالت الجارة: «لا تقلقي.. إنه يسكن بجوار منزل إحدى قريباتي في البياع. سأرسل إليها لتستدعيه».

قالت حسيبة: «سأكون ممتنة لكِ. لكن حبذا لو ظل الأمر سرًّا؛ فلا تخبري أحد من صديقاتنا».

ردت الجارة: «عيب عيني.. سرك في بير»، وفي مساء اليوم نفسه علمت جميع الجارات أن الشيخ خوصة مطلوب في منزل حسيبة أم الذهب!

وطرق الشيخ خوصه باب الست حسيبة ذات صباح، وعندما فتحت له، أُصيبت بصدمة؛ رجل تعدى الستين.. قبيح.. يحمل وجهه كل سمات الدمامة والقبح؛ عينان جاحظتان وتجاعيد ملتوية وأذَنَين

هائلتَينِ وأنف تسبق وجهه بأمتار. ومثل كل المشعوذين يرتدي أسمالاً قديمة ممزقة، ويحيط رقبته بقطع قماش وشرائط حمراء وخضراء وصفراء.

قالت له: «تفضل».

وما كاد الشيخ خوصة يضع قدمَيهِ في البيت، حتى أطلق صيحة هائلة، وظل يترنح يسارًا ويمينًا مغمض العينَينِ.

ثم صرخ في وجهها: «مسعودة.. أنتِ وموعودة!».

لم تفهم شيئًا. فعاد وتمتم وغمغم بكلمات غير مفهومة، وهي تنظر إليه حائرة خائفة. وعاد يرفع صوته القبيح:

- يا حسيبة يا بنت نعيمة.. الناس كلها تركض من أجله.. وأنتِ تدوسينه برجليكِ.. هذا حرام.. حرام!

همست متوسلة: «ماذا تقول يا شيخ؟».

صرخ: «لماذا يا حسيبة وأنتِ لستِ لئيمة.. لماذا تدوسين على النعمة.. ألا تدرين أن هذا يقودكِ إلى نقمة؟».

قالت حسيبة وقد ارتعش جسمها الضخم من الفزع والحيرة:

- أرجو أن تسامحني يا شيخ.. لكن من فضلك اشرح لي.. ما الذي يلهث خلفه كل الناس وأدوسه أنا بقدميَّ؟

نظر إليها بحدة ثم قال: «الذهب!».

ردت غير مصدقة: «الذهب؟».

قال المشعوذ: «نعم.. الذهب الأصفر.. الذي لولاه ما جاء أحد أو ذهب».

سألته: «ماذا تقصد؟».

أغمض عينَيهِ: «يا مسكينة يا طيبة، أتعلمين ماذا في باطن هذه الأرض التي تسيرين عليها هنا في بيتكِ هذا؟».

سألته بلهفة: «ماذا؟».

قال المشعوذ: «في بيتكِ كنز»، ولم يُكمل، فقط سقط الجسم الضخم.. وقعت الست حسيبة على الأرض مغشيًّا عليها.

عندما أفاقت من إغمائها، جعلت تحدث نفْسها: ممكن أن يكون هذا المشعوذ كاذبًا أو محتالًا ويريد أن يخدعني بهذه القصة الوهمية. لكن جشعها وولعها بالذهب جعلها تهمس لنفْسها: وماذا لو كان صادقًا؟ وماذا يمنع وجود كنز ذهبي في باطن الأرض أسفل بيتي؟

وهنا أرادت أن تقطع الشك باليقين، فقالت للشيخ خوصة: «وما دليل صدق كلامكِ؟».

صرخ فيها: «لولا أنكِ طيبة وحسنة النية ما قبلت منكِ هذا الكلام. لكن على أيِّ حال سأريكِ الدليل».

ويواسطة سكين حادة، حفر الأرض متمتمًا بعبارات غير مفهومة، ثم مد يده إلى الحفرة الصغيرة التي أحدثها في الأرض، وأخرج شيئًا

وضعه في يد حسيبة. عندما فتحت حسيبة يدها، وجدت في يدها بعض الليرات الذهبية. وللمرة الثانية في دقائق أُغمي عليها، وأحدث سقوط جسدها الضخم على الأرض صوتًا هائلًا!

حدثت بقية القصة بسرعة كبيرة..

اتفق الشيخ خوصة مع حسيبة على أن يُحضر مجموعة من العمال لحفر الحديقة واستخراج الكنز. لكنه قال لها: «أنا لا أريد شيئًا لنفسي. لكن تكاليف الحفر أغلى من تكاليف البناء في الوقت الحاضر، وستدفعين مبلغ عشرين ألف دينار للعمال الذين سيحفرون الأرض لاستخراج الكنز».

سألته حسيبة بريبة: «لكن هذا مبلغ كبير.. وما أدراني بقيمة الكنز».

قال لها: «يا جاهلة ترفضين دفع عشرين ألف دينار مقابل الحصول على آلاف الليرات الذهبية!».

وقبل أن يكمل صاحت: «موافقة سأحضر لك المبلغ».

وفي صباح اليوم التالي، دق الشيخ خوصة باب الست حسيبة وخلفه بعض العمال. وما إن دخل، حتى دُق باب الست حسيبة، وأسرعت تفتح في دهشة لتجد خمسة من جاراتها بالباب. قالت إحداهن:

- لا داعيَ للمراوغة أو الإنكار. لقد سمعتُ مصادفةً حديثكِ أمس مع الشيخ خوصة، وعرفت كل شيء عن الكنز، وليس

من حقلِكِ الاستيلاء عليه بمفردكِ؛ فنحن جاراتكِ، ونسكن في الدربونة نفسها.

صاحت حسيبة: «لكن البيت ملكي، والحديقة ملكي وضمن أرضي».

لكنها فُوجئت بالشيخ الدجال يقول: «اسمحي لي أن أقول لكِ إن جاراتكِ محقَّات، ويجب أن يكون هُنَّ نصيب في الكنز».

ابتسمت الجارات فرحًا، بينما انقبض وجه حسيبة بتكشيرة كبيرة. وعاد الشيخ الدجال يقول للجارات الخمس: «لكن ما دام سيكون لكُنَّ نصيب في الكنز، يجب أن تتحملن نصيبكن من المصروفات، وأن تدفع كل واحدة عشرة آلاف دينار تكاليف الحفر». ووافقت النسوة فورًا، وأسرعت كل منهن تُحضر المبلغ وتضعه في يد الشيخ خوصة، حتى أصبح مع الشيخ خمسون ألف دينار، إضافة إلى العشرين ألف دينار التي أخذها من حسيبة.

وبدأ العمال حفر أرض الحديقة، وحسيبة وجاراتها الخمس ينتظرن فاقدات الصبر. وأخذت الحفرة تتسع شيئًا فشيئًا، ثم فجأةً أطلق الشيخ الدجال عاصفة من البخور، أغلقت بدخانها أعينهن ولم تَرَ الواحدة الأخرى، وبعد فترةٍ صرخ أحد العمال وقال:

- انظر يا شيخنا!

واشرأبت أنظار حسيبة وجاراتها، وكادت أنفاسهن أن تتوقف من

الفرحة عندما أخرج العمال من الحفرة جرَّتَينِ من الفخار. وانصرف الشيخ خوصة وعماله، وجلست الست حسيبة وجاراتها في ذهول أمام الجرَّتَينِ، وقالت واحدة: «ماذا سيكون نصيبكِ ونصيب كل منا؟».

صرخت حسيبة: «لي الثلثانِ، ولكُنَّ الثلث».

صاحت النسوة: «لماذا؟».

قالت حسيبة: «لقد دفعتُ وحدي عشرين ألف دينار من تكاليف الحفر، وهو ضعف المبلغ الذي دفعته كل واحدة منكنَّ للشيخ خوصة. ولا تنسين أن الأرض أرضي.. وهذا بيتي!».

قالت واحدة أخرى: «ولماذا نتشاجر قبل أن ننظر في الكنز! هيَّا نكسر الجرَّتَينِ لنعرف قيمة الكنز»، وعندما كسرت حسيبة الجرَّتَينِ، ونظرت داخلهما، ساد الصمت دقيقة، ثم ارتفعت صرخات حسيبة وجاراتها، فلم يكن في الجرَّتَينِ سوى بعض الحجارة والطين!

إضافةً إلى أن الدجَّال خوصة وعصابته سرقوا المخشلات الذهبية وقطع الحلي التي تملكها حسيبة في أثناء ذر البخور في أعينهن.. وعلى الرغم من تحريات الشرطة المستمرة للقبض عليه، فإنه إلى الآن طليق، يمارس السحر والشعوذة والدجل على النسوة.

أما حسيبة؛ فإنها سقطت جثة هامدة عندما اكتشفت أنها أصبحت على الحديدة، وأن ذهبها تبخر مع الدجال خوصة وزمرته.

الطائرة الكورية

في ذلك اليوم المشؤوم من شهر تشرين الثاني عام 1987 وعند السابعة مساءً، حطَّت الطائرة الكورية الجنوبية في مطار بغداد، الرحلة 858 قادمة من بلغراد، يستقلها ركَّاب مسافرون إلى سيؤول. وفي أثناء مكوثها في المطار صعدت شابة حسناء عشرينية بصحبة رجل مُسنٍ سبعيني، يعتقد مَن يراهما أنهما أب وابنته، يحملان جوازَي سفر يابانيَّينِ، جاءا إلى العراق للسياحة.

لقد مرَّا في لحظات عادية قبل صعودهما للطائرة عندما فتش ضابط المخابرات حقيبة اليد التي تحملها الشابة، وأخرج منها راديو صغيرًا، وفحصه بعد أن نظر عليه نظرة مفهومة، وأعاده إلى الحقيبة. ابتسم الضابط لها وللرجل المسن الذي يصاحبها. وعندما جلست الفتاة على مقعدها في الطائرة، وضعت الحقيبة في الرفِّ العلوي للمقعد، وحدقت في ركاب الطائرة بصورة طبيعية. كان في الحقيبة راديو باناسونيك وفي داخله قنبلة بوزن 35 جرامًا، وزجاجة

تحتوي سائلًا يشبه شراب الويسكي لكنه في الواقع سائل متفجرات سريع الاشتعال.

طوال وقت الرحلة بين بغداد وأبو ظبي، المحطة الأولى للطائرة، كان معظم ركاب الطائرة الكورية نائمين، إلا راكبَينِ فقط لم يستطيعا النوم على الرغم من تظاهرهما بذلك؛ هما الحسناء الكورية الشمالية كيم هيو وشريكها الرجل المسن كيم سونغ الذي جلس بجانبها. لقد تدربت الحسناء الكورية من أجل هذه اللحظات منذ سبع سنوات. حاولت أن تتجنب حديث رجلَينِ كوريَّينِ جنوبيَّينِ جالسَينِ وراءها، ومحاولة امرأة فرنسية جالسة في مقعد بجوارها أن تبدأ حديثًا معها. لكنها لم تلاحظْ وجود أطفال على متن الطائرة، ولكن الأمر لن يختلف حتى ولو كان على متنها فريق مدرسي كامل؛ فجميع مَن حجزوا أماكن على هذه الرحلة إلى سيؤول سيكونون في عداد الموتى.

ليس في قلب هذه المرأة مكان للشفقة والرحمة. تعلم أن حياتها ستضيع؛ فقد أخبرها ضابط المخابرات أنها ستبقى على الطائرة؛ وإذا كان ضروريًّا أو إذا شعرت بأنها مُراقَبة أو سيُقبض عليها وتُستجوب، فإن قرص سيانيد مخبأً في فلتر سيجارة مارلبورو موضوعة في حقيبتها كافٍ لإنهاء حياتها.

لم يحدث أي خطأ. هبطت الطائرة في مطار أبو ظبي، وأخذت الشابة الكورية ووالدها حقيبتهما الجلدية، وغادرا الطائرة هادئَينِ. ولم يلاحظْ أحد أنهما تركا حقيبتهما البلاستيكية وراءهما في الطائرة!

مكثت الطائرة على مهبط المطار أكثر من ساعة للتزود بالوقود، وغادرت لتكمل رحلتها إلى بانكوك، ثم العاصمة الكورية سيؤول، وكان عليها أن تهبط في الوقت المحدد، ولكن بعد خمس ساعات، أي في الساعة الثامنة وخمس دقائق بتوقيت كوريا، انفجرت الطائرة فوق مياه بحر اندامان، ولم ينجُ من ركَّابها أحد.

كانت الحسناء كيم هيو والرجل المسن كيم سونغ عميلَينِ من عملاء المخابرات الكورية الشمالية، وعندما وصلا البحرين بعدما استقلا طائرة من أبو ظبي، وأملا أن يتمكنا من الطيران إلى روما فور وصولهما إلى البحرين، لكنَّهما وجدا كل المقاعد محجوزة، فذهبا إلى فندق يقيمان فيه لتمضية هذه الليلة، فوجدا فندق ريجلس انتركونتال ملاذًا آمنًا لهما.

جهود دولية للقبض على الإرهابيَّينِ

عندما اختفت طائرة الرحلة 858 بعد آخر اتصال لها مع برج المراقبة في رانفون، اشتبهت الحكومة الكورية في وجود عمل تخريبي، وربما كان من عملاء كوريا الشمالية، وبدأت شركة الطيران الكورية تتفحص قائمة أسماء الركَّاب خصوصًا الذين غادروها من مطار أبو ظبي، وبعد التدقيق تيقن مدير فرع الشركة في الإمارات أن الشُّبهة تدور حول شخصَينِ يابانيَّينِ، وهما مايوم هاتيشا فتاة في السابعة والعشرين، ووالدها تيشنتي وهو في التاسعة والستين. وبعد فحص سجل

المغادرين في المطار، تبين أنهما غادرا أبو ظبي باتجاه البحرين. عندئذٍ طُلب من مدير فرع الشركة في المنامة أن يحدد مكان هذَين الشخصَينِ الغامضَينِ، فاتصل أحد رجال شرطة الإقامة في البحرين بالفنادق، واكتشف أن المشبوهَينِ قد حجزا في فندق ريجنسي انتركونتال، وحصل على رقمَي جواز سفرهما من إدارة الإقامة والهجرة البحرينية، وأرسلهما إلى السفارة اليابانية، فجاء رد السفارة اليابانية بمعلومات مثيرة تفيد بأن جواز سفر الفتاة مزور، وفورًا أمرت السلطات البحرينية بترحيل الفتاة إلى طوكيو؛ لتتخذ السلطات اليابانية ما تراه مناسبًا بشأن جواز سفرها المزور. وعندما اتُّخذ هذا القرار، أصر والدها الرجل المسن الذي يحمل جواز سفر يابانيًّا أيضًا على أن يسافر معها إلى اليابان، على الرغم من أنه لم يكن قد اشتبه في جوازه، وطلب من المسؤولين أن يسمحوا لهما ببعض الراحة وتدخين السجائر لتهدأ أعصابهما، فسُمح لهما بذلك في استراحة المطار.. وكان دخان السجائر يُخفي في الواقع حلقات أخرى من حلقات الأحداث المثيرة؛ فعندما أشعل الرجل المسن سيجارته التي تحوي مادة السيانيد، وابتلع فلترها، سرعان ما سقط الرجل ميتًا على أرض المطار، وقد تيبس جسده. أما الفتاة؛ فقد رأى الشرطي السيجارة في فمها، فاختطفها قبل أن تبلع الفلتر، وعلى الرغم من ذلك؛ فقد انغرزت أسنانها في الفلتر، ففقدت الوعي، ولكنها لم تستنشق من السيانيد ما يكفي لموتها، واستعادت وعيَها بعد ذلك، ووُضعت تحت حراسة مشددة، ثم رُحِّلت إلى العاصمة الكورية

الجنوبية سيؤول؛ لتحقق السلطات الكورية معها.

أيادٍ خفية وراء العملية

لحادث تفجير الطائرة التابعة لكوريا الجنوبية أهمية أخرى، ففضلًا عن دلالاته كحادث من سلسلة الصراع بين الدولتَينِ؛ فقد كان هذا الحادث يمثل منعطفًا خطيرًا للتقدم العلمي الذي سخره الإرهاب لتحقيق أغراضه الدنيئة. فقد استطاعت الإرهابية الكورية وشريكها تخطي أحد أدق نظم المطارات في العالم آنذاك وهو مطار بغداد. فكيف جرى فحص الأمتعة والحقيبة اليدوية؟ وهل تعلم المخابرات العراقية بالعملية برمتها؟ وكيف نُفذت هذه العملية الإرهابية بهذه السهولة من دون مساعدة خفية من أجهزة المخابرات في بغداد؟

لقد أثبتت الوقائع والتحريات أن الإرهابية الحسناء في أثناء وجودها في بغداد التقت ضابطَينِ من المخابرات في أحد القصور في المنصور، حيث أمضت الإرهابية معهما أربع ساعات قبل إقلاعها من مطار بغداد.

قالت الإرهابية الحسناء ودموعها تنحدر على وجهها الشاحب: «إنني أستحق الموت مئة مرة؛ جزاءَ ما قمتُ به». كانت هذه هي كلمات الندم التي قالتها الإرهابية الحسناء كيم هيو في المؤتمر الصحفي في مدينة سيؤول.

في أعقاب هذا الحادث الإرهابي، اشترك خبراء أميركيون في مكافحة

الإرهاب في أعمال البحث والتحقيق والمعاينة؛ للتعرف على الأسلوب الإرهابي المتَّبع في تفجير هذه الطائرة. واتضح لهم أن المتفجرات تمثل أرقى درجات التقدم العلمي؛ فهي تتكون من إلكترونيات صغيرة عديمة اللون والرائحة من البلاستيك لا يمكن كشفها بأجهزة الكشف التقليدية المستخدمة في المطارات، كما أن جهاز التفجير صغير جدًّا يُمكن وضعه في علبة سجائر أو مشبك للشَّعر. ومن الواضح أن الإرهابية استطاعت الصعود بهذه المتفجرات على الطائرة، وبمساعدة عناصر من المخابرات الموجودة في المطار، حيث قامت بتركيب القنبلتَينِ وهي في طريقها من بغداد إلى أبو ظبي. وقد وُجدت في الملابس الداخلية للإرهابية كيم هيو جيوب صغيرة خفية وسجائر فارغة من الفلتر، حيث أخفت داخلها المتفجرات.

أما عن تفاصيل حياتها؛ فالإرهابية الحسناء تبلغ من العمر 27 عامًا، وهي ابنة دبلوماسي، عاشت في أوربا، ودُربت على أعمال التجسس والأعمال السرية الخاصة منذ كان عمرها 18 سنة لحساب الأجهزة السرية في كوريا الشمالية.

أما شريكها الذي مات بالسم في مطار المنامة؛ فهو خبير في الإلكترونيات. كانت كيم تشبه الإنسان الآلي، والصفة التي بدأت بها حياتها هي الطموح؛ فقد كانت طفلة طموحة، ثم عميلة طموحة. وقد عبرت عن المرح؛ لأنها كانت عميلةً صغيرةً نسبيًّا عندما اختاروها لهذه المهمة، بينما كان كثير من زملائها الأكبر سنًّا لا يزالون ينتظرون

الدخول في دور الموت والإرهاب! كان تبرير عملها هو أنها أُجريت لها عملية غسيل دماغ. وبعدما شُدَّ وثاقها وسُلِّمت إلى كوريا الجنوبية؛ البلد التي تخشاها، حيث أقارب ضحاياها وآباؤهم يصرخون مطالبين بدمها. وقد ذُهل فريق الاستجواب الذي رافقها من البحرين إلى سيؤول، عندما شاهدوا للمرة الأولى هذه الإرهابية الحسناء.

ارتجفت كيم وبكت؛ لقناعتها أنها ستُعذب بشكل مخيف قبل أن تُواجه مصيرها المحتوم. لكن الوكالة المخابرات الكورية الجنوبية خططت لأمور مختلفة، لقد أرادوا اعترافًا كاملًا، وأرادوها حية متماسكة؛ لتكون دليلًا للعالم أجمع على أعمال كوريا الشمالية الإرهابية. واستلزم الأمر ثمانية أيام كي تنهار كيم.. تلك الأيام التي تمسكت فيها بكثيرٍ من الحجج، ورفضت أن تأكل أو تشرب.

القتل من أجل إفشال الألعاب الأولمبية

وُلدت كيم في بيونغ يانغ عاصمة كوريا الشمالية عام 1962، وفي السادسة أدى بها جمالها وخلفيتها العائلية إلى أن تُنتخب للعمل في أفلام الدعاية والإعلانات، وأُخذت من بين والدَيها لمدة سنة. وفي الثامنة عشرة وهي طالبة في الجامعة تدرس اللغة اليابانية، اختيرت هذه المرة لتُصبح جاسوسة. ويعد سبع سنوات من التدريب، طُلب من كيم أن تُفجر الطائرة الكورية الجنوبية، والهدف من ذلك تخويف الدول المشاركة في الألعاب الأولمبية من إرسال رياضيِّيها إلى سيؤول للمشاركة

في تلك الألعاب التي ستُعقد في السنة التالية، فأطاعت دون اعتراض.

وفي عام 1988 قُدمت كيم للمحاكمة، لكنَّ الألعاب الأولمبية أُقيمت، واستمرت، وراقبتها بنفْسها على شاشة التلفاز الموجودة في غرفتها في أحد الأماكن الحكومية الأمنية. بكت؛ لفعلتها ولعدم جدوى ما فعلت من قتل الأبرياء على متن الطائرة.

وفي عام 1989 حُكم عليها بالموت، لكن بعد سنة منحتها الحكومة عفوًا خاصًّا؛ لكونها تعرضت لغسيل دماغ، ولم تكن مسؤولة عن أعمالها، وأصبحت كيم حُرة بالمعنى القانوني في البلد الذي يُطالِب فيه أقارب الضحايا بموتها، لكن الحرية لم تؤثر كثيرًا على ظروفها! لقد ظهرت مرات عديدة على شاشة التلفاز تبكي ورأسها مطأطأ بينما تدلي باعترافاتها. ومن جُملة ما اعترفت به في أروقة التحقيق: أنها تدربت على يد المخابرات الكورية لتصبح جاسوسة؛ لغرض التسلل إلى المجتمع الياباني، وجمع المعلومات من هناك عن التسليح والتطور التكنولوجي، وقد أُرسلت في مهمتها الأولى عام 1984 يرافقها عميل كوري شمالي آخر في رحلة إلى أوربا ليُدرِّبا نفْسَيهما على التأقلم مع المجتمع الرأسمالي، وقد أجاد هذان الاثنانِ دورهما كسائحَينِ يابانيَّينِ، الفتاة ذات الاثنين والعشرين عامًا تمثل دور ابنة الرجل ذي السبعة والستين عامًا. وعندما خُططت مؤامرة منع الألعاب الأولمبية التي ستُعقد في سيئول 1988، رشح قسم البحث في الحزب اسم الآنسة كيم ووالدها لهذه المهمة. سارت أمورها مع المستر كيم، فالصبية تحترم الرجل المسن

بسبب خبرته الواسعة، كما أنهما اشتركا في غرفة نوم واحدة. في أوروبا وطوال السنوات الثلاث من عملها في المخابرات الكورية سافرت مرات إلى مدينة كانتون في الصين؛ لتكتسب لهجة صينية أصلية. جرى تدريبها كله بصورة توحي لها بأنها ستُرسل إلى طوكيو للعمل جاسوسة. ولم تعلم أن مهمتها القادمة ستجعلها قاتلة بالجملة، وستُغيِّر مجرى حياتها إلى الأبد.

في يوم 7 تشرين الثاني، استُدعيت كيم إلى قسم البحوث في بيونغ يانغ، حيث ينتظرها المستر كيم، وأُخبرا أنهما سيُرسلان من جديد كأب وابنته في مهمة خاصة جدًّا. أُصيبت بالصدمة من مظهر السيد كيم؛ فهو في السبعين الآن، ويبدا في أسوأ حالات المرض. وفي قسم البحوث أُبلغت بالمهمة الجديدة الخاصة، والتي جاءت من أفكار ابن القائد العظيم، المعروف باسم القائد العزيز كيم جونغ ابل، بأن تُنسف الطائرة الكورية في الجو؛ لكيلا تستطيع كوريا الجنوبية إقامة هذا الحدث الرياضي العالمي! ولقد ألمح مدير البحوث إلى العميلَين بأن هذه المهمة وهذا الواجب الحزبي يجب أن ينجح. وقال للحسناء كيم: «سيُساعدنا أصدقاؤنا العراقيون في العملية».

«لم يكن بإمكاني عصيان الأوامر، حتى لو رغبتُ في العصيان»، هذا ما قالته في خاتمة اعترافها: «لأنني لو فعلتُ، لوُضعتُ فورًا أمام فرقة الإعدام! وربما وضعوا أفراد عائلتي أمام هذا المصير أيضًا. مَن يُصبح عميلًا، عليه الاستمرار حتى الرمق الأخير. وإذا كُلِّف أحد بمهمة،

75

فليس هناك مجال للرفض الشخصي، ولا حتى التفكير في ذلك؛ لأن الحزب لا يُخطئ.. ومن المستحيل التفكير في ذلك».

وبعد العفو عنها، حدث تغيير كبير في حياة كيم؛ فقد أصابتها الحيرة، وانتابها الغضب تجاه الحزب عندما عرض تلفاز كوريا الشمالية مشهدًا لها يوم كانت في سن العاشرة تقدم الزهور إلى دبلوماسي من كوريا الجنوبية. وعلى أثر هذه الفضيحة الدولية، أصدر الكوريون الشماليون بيانًا يقولون فيه إن كيم كان اسمًا مُخْتَلَقًا من قِبَل كوريا الجنوبية، وإنها لم تكن أبدًا من سُكَّان بلادهم، بل ادَّعت امرأة من كوريا الشمالية أن الصورة لها!

هذا الصنف نفْسه من النساء هو الذي يُستخدم حاليًا في بلدان عديدة لحمل حزام ناسف يحصد الأطفال والناس في الأسواق والمناسبات الدينية بحجة الدين، ورغبة منهنَّ في نيل الشهادة؛ كما وعدهنَّ بذلك أسيادهنَّ.

الدكتور الهارب من مستشفى الشماعية

يعرف جميع نزلاء فندق الخيَّام الدكتور ماهر، ولا يعرفونه!

يعرفون أن ذلك الطبيب، الشاب الوسيم الذي أقام في الفندق منذ أسابيع، جاء العاصمة بغداد لشراء بعض الأجهزة الطبية الخاصة بعيادته في مدينة البصرة. ومنذ اليوم الأول لوصوله حاز الدكتور ماهر إعجاب نزلاء الفندق ورضى العاملين فيه؛ فهو شاب هادئ حقًّا، دمث الأخلاق، بشوش الوجه. وعلى الرغم من أنه يغادر الفندق صباحًا فلا يعود إليه إلا مع حلول الظلام، إلا إن الجميع أحبوه واحترموه. لكن عندما وقع الحادث الذي أصبح محور أحاديث نزلاء الفندق، تردد اسم الدكتور ماهر على كل لسان.

استيقظ نزلاء الفندق في تلك الليلة على صرخات أحد النزلاء يطلب الإسعاف. حدث هرج ومرج، وأسرع الجميع نحو مصدر الصرخات؛ ليكتشفوا أنها صادرة من غرفة تاجر كبير السن، وصل

مع زوجته إلى الفندق في صباح اليوم نفْسه. يصرخ الرجل مستغيثًا في ذعر مشيرًا إلى زوجته الراقدة في الفراش وقد شحب وجهها وانقطعت أنفاسها وتقلصت عضلات وجهها، كأنها تواجه الموت. يصرخ طالبًا العون لزوجته والاتصال بالإسعاف.

قال أحد النزلاء سريعًا: «لماذا الإسعاف ولدينا طبيب في الفندق؟».

قال آخر: «نعم.. أحضروا الدكتور ماهر».

وفعلًا أسرع بعضهم يدق باب الدكتور ماهر، الذي ما إن علم بالخبر، حتى غادر غرفته مسرعًا إلى غرفة التاجر، وهنالك أفسح له الجميع الطريق، ووقفوا ينظرون إليه في إعجاب وانبهار وهو يمسك يد المريضة العجوز، ويتحسس دقات قلبها بالسماعة الطبية التي أحضرها معه، ثم يستدير إلى زوجها في غضب. وصرخ فيه:

- هل تريد أن تقتل زوجتك؟

وقف التاجر المسكين يرتعش فَزِعًا دون أن يقدر على الكلام. فعاد الدكتور ماهر يلومه قائلًا:

- كيف تنتظر حتى تسوء حالتها هكذا! لقد أُصيبت بنوبة قلبية، وعليك أن تُسرع الآن بإحضار هذا الدواء من أقرب صيدلية.

انطلق الرجل سريعًا، بينما تجمع بقية نزلاء الفندق حول الدكتور ماهر، وقد أثر فيهم أن يشاهدوه غاضبًا لأول مرة. عاد التاجر بالدواء وأعطاه لزوجته، وما هي إلا دقائق، حتى فتحت عينَيها بضعف.

وسرعان ما انتظم تنفسها ودقات قلبها، وعادت إلى وعيها.

غادر الدكتور ماهر غرفة المريضة محاطًا بكلمات الشكر والإعجاب من نزلاء الفندق؛ تقديرًا لمهارته الطبية، وإعجابًا بشهامته بعد أن أنقذ المرأة العجوز من الموت.

❋ ❋ ❋

منذ حادث المرأة العجوز زوجة التاجر، صار الدكتور ماهر أشهر شخصيات الفندق، ومحط اهتمام وإعجاب الجميع الذين أصبحوا يحاولون التقرب إليه ومصادقته. ومن ناحيته لم يظهر عليه أي ضيق أو تبرم بذلك، بل يسمع باهتمام إلى النزيل الذي يشكو من الآم الروماتيزم، وينصحه بتناول نوع معين من الدواء. ويشرح بصبر للنزيلة التي تشكو إليه سوء الهضم، وينصحها بتناول أنواع محددة من الأطعمة. وهكذا أصبح الدكتور ماهر المستشار الطبي لكل نزلاء الفندق.

وفي ليلة.. دق الدكتور ماهر باب غرفة التاجر، فاستقبله الأخير بترحاب واضح، ودعاه بحماس للدخول وتناول الطعام معه ومع زوجته التي تحسنت صحتها على يدَي الدكتور ماهر. لكن الدكتور اعتذر وقال:

- لا بدّ أن أنام مبكرًا هذه الليلة؛ ففي صباح الغد سأُجري عملية جراحية هامة في أحد مستشفيات بغداد.

فطمأنه التاجر:

79

- جراحة موفقة إن شاء الله يا دكتور. لا يوجد طبيب أمهر منك.

رد الدكتور في تواضع:

- أشكرك. لكنني أطلب منك خدمة بسيطة. لقد شاهدتُ في غرفتك كاميرا تصوير فيديو. واستأذنك في أن أستعيرها منك؛ لأصور بها غدًا هذه العملية الجراحية الهامة.

أسرع التاجر بإحضار الكاميرا، وأعطاها للدكتور ماهر، قائلًا له:

- لي الشرف أن تصور العملية الجراحية التي ستُجريها بالكاميرا التي أمتلكها. إنها تحت مشيئتك يا دكتور. وهذا أقل ما أقدمه لك، ولن أوفيك حقك أبدًا.

رد الدكتور ماهر:

أشكرك جدًّا. سأعيد إليك الكاميرا غدا إن شاء الله.

فأجاب التاجر:

لا شكر على واجب.

وانصرف الدكتور ماهر حاملًا كاميرا الفيديو. لكنه لم يُعدها في اليوم التالي، ولا في الأيام التالية.. بل أعادتها الشرطة!

اختفى الدكتور ماهر فجأةً من الفندق دون أن يترك خبرًا عن مكان وجوده. أُصيب الجميع بالحيرة، وانتظروا عودته. وعندما راجعت إدارة الفندق قائمة مكوثه في الفندق، وجدتها تُقدر بآلاف الدنانير.. وساعتها أدرك التاجر ما حدث، وصرخ بقوة: «آهِ.. لقد أخذ معه أيضًا

كاميرا الفيديو!».

وهكذا أُبلغت مديرية شرطة الرشيد بأوصاف الدكتور ماهر؛ الذي لم يترك في غرفته ما يشير إلى عنوانه وحقيقة شخصيته. وكم كانت مفاجأة نزلاء الفندق كبيرة عندما حضر أحد ضباط شرطة الرشيد ليعلن الخبر على الجميع.

«إن الدكتور ماهر ليس طبيبًا!»، وقبل أن يفيق الجميع من دهشتهم، أكمل الضابط قائلًا: «بل هو مريض هارب من مستشفى الأمراض العقلية في الشماعية!».

في شرطة الرشيد.. وقف ماهر يواجه ضابط التحقيق الذي واجهه بدوره بالمعلومات التي حصل عليها من قسم التسجيل الجنائي بعد القبض عليه في فندق آخر يحاول تكرار اللعبة نفْسها.

اسمه الحقيقي حامد لا ماهر. مريض هارب من مستشفى الأمراض العقلية، حيث قضى عدة سنوات فيها بعد اتهامه بالاحتيال في بعض القضايا. وقد تعلم في المستشفى كثيرًا عن الطب والأدوية والأمراض، ثم هرب ليمثل دور الطبيب الذي أداه ببراعة خدعت ضحاياه. وكان قرار قاضي التحقيق: إعادة الدكتور المزيف حامد مرة أخرى إلى مستشفى الشماعية!

طريقة مبتكرة في القتل

فجأةً مزَّقت الصرخات سكون الليل، واندفع سكَّان العمارة مستيقظين من نومهم نحو مصدر الصراخ، كانت الصرخات قادمةً من شقَّة الدكتور عصام، بل إن بعضهم تبين أن الدكتور عصام نفْسه هو الذي يصرخ مستغيثًا بالجيران، وسرعان ما فتح باب الشقة، واندفع من الداخل وهو في حالة هيستيرية، وكان يصيح: «أنقذوها.. أنقذوها!»، واندفع أحد الجيران ومن خلفه بعض السُّكَّان إلى داخل الشقة. أشار إليهم الدكتور عصام، وهو يرتجف، نحو الحَمَّام. وعندما دخلوا، وقفوا متسمرين على باب الحَمَّام، وصرخ أحدهم فَزِعًا دون أن يتحكم في نفْسه من فظاعة المشهد.. كانت زوجة الدكتور عصام ترقد في الحَمَّام جثة هامدة!

حضر فورًا مدير شرطة الصالحية، بعدما اتصل بالمركز أحد الجيران، وازدحمت الشقة برجال الأدلة الجنائية والإسعاف والطب العدلي؛ الذين أعلنوا أن الزوجة لقيت مصرعها، بعدما صعقها التيار الكهربائي.

على الرغم من حالة الحزن والفزع التي سيطرتْ على الدكتور عصام لمصرع زوجته، إلا أنه تمكن من الحديث مع رجال الشرطة موضحًا لهم كيف ماتت زوجته.

قال الدكتور: «إن زوجتي تعودت منذ سنوات عندما تذهب إلى الحَمَّام أن تأخذ معها كتابًا أو مجلة تطالعها، بينما ترقد مسترخية في البانيو، وتأخذ معها مصباحًا كهربائيًا صغيرًا تضعه على منضدة صغيرة بالحَمَّام لتستطيع القراءة بوضوح»، وقال الدكتور أيضًا: «لقد ذهبت زوجتي قبل موعد نومها كالمعتاد، وحملت الكتاب والمصباح الصغير معها، لكنها تأخرتُ كثيرًا، وعندما قلقتُ صحتُ عليها، لكنها لم ترد. فذهبتُ، فتفاجأتُ بجثتها طافية فوق سطح الماء في البانيو، ويبدو أن السلك الكهربائي الخاص بالمصباح قد تآكل، وسقط في البانيو دون أن تشعر، فتكهرب ماء البانيو، ولقيتْ مصرعها بعدما صعقتها الكهرباء».

بدا التفسير مقنعًا، خصوصًا بعدما شاهد مدير الشرطة الجنائية والحركات في مديرية شرطة الكرخ بنفْسه الجزء المتآكل من سلك كهرباء المصباح وقد سقط داخل البانيو، وقُيِّد الحادث قضاءً وقدرًا، وأُغلق التحقيق على ضوء ذلك.

❊❊❊

لاحظ الجيران أن الحادث أحدث تغييرًا كبيرًا في تصرفات الدكتور

عصام؛ فقد بدا الرجل مهمومًا وحزينًا، وانحنى ظهره، وشحب وجهه، كأن عمره زاد سنوات في ليلة واحدة. وشعر الجميع بالعطف والرثاء للأرمل الذي فقد زوجته في حادث مؤلم، خاصة بعدما اعتكف في شقته ولم يعد يغادرها كالمعتاد إلى المقهى المجاور، بل صار نادرًا ما يفتح نوافذ الشقة، وإذا صادف وفتح نافذة أو شرفة، شاهده الجيران حزينًا مهمومًا يسير داخل الشقة بخطوات متثاقلة، كأنه يحمل كل هموم الدنيا على كتفه.

✳✳✳

وظل الدكتور عصام على هذه الحالة بضعة شهور، حتى نسي الجيران أمره. بل اعتقد بعضهم أنه هجر الشقة؛ ظنًّا منهم أنه لن يستطيع أن يعيش الوحدة والحزن طويلًا. لكنه في أحد الأيام ظهر فجأةً في المقهى المقابل للعمارة، وشَعَرَ السُّكَّان بالفرحة لأن الرجل استطاع أن يقاوم أحزانه ويعود مرة أخرى لممارسة حياته الطبيعية، واستقبله روَّاد المقهى بحفاوة جعلته يسهر تلك الليلة طويلًا. وسرعان ما عاد إلى عادته القديمة في الجلوس بالمقهى. كان قد نسي كل شيء عن الحادث المؤلم الذي راحت زوجته ضحية له، وأصبح المقهى سلواه ومنتداه، حتى ظهر زبون جديد في المقهى، أعاد الحزن مرة أخرى إلى قلب الدكتور عصام!

✳✳✳

لم يعرف أحد من روَّاد المقهى من أين جاء هذا الزبون الجديد. لقد ظهر فجأةً بينهم. رجل أربعيني. أنيق. ودود. يُلاطف الجميع. يتحدث معهم بلباقة. يجامل الجميع؛ وخاصة الدكتور عصام.

كان الأستاذ محمد، هذا هو اسم الزائر الجديد للمقهى، يُعامل الدكتور عصام معاملة خاصة، ويقترب منه بطريقة واضحة جعلته يتساءل في شك عما يريد منه هذا الرجل الغريب. ومرت الأيام، واستطاع الأستاذ محمد أن يجعل من نفسه صديقًا للدكتور عصام، على الرغم من المعاملة المتحفظة التي عامله بها الدكتور عصام. ذات يوم أصر الأستاذ محمد في نهاية السهرة على أن يقوم بتوصيل الدكتور إلى شقته، وعند باب الشقة، وبينما يمد الدكتور عصام يده إليه مودعًا، وقف الأستاذ محمد أمامه في إصرار رافضًا أن ينصرف.

وقال له: «لماذا لا تدعوني للصعود معك إلى شقتك؟».

سأله الدكتور عصام بجفاء واضح: «لماذا؟».

همس الأستاذ محمد: «لتخبرني كيف قتلتها!».

في هذه اللحظة كاد يُغمى على الدكتور عصام من هول المفاجأة. ارتعشت يداه، واهتز بشدة، وظن أن قدمَيهِ لن تستطيعا حمله. حدَّق بذهول في وجه الأستاذ محمد، الذي نظر إليه بحدة، ولم يردَّ الدكتور عصام، وأسرع هاربًا إلى شقته، وأغلقها عليه.

عاش الدكتور عصام ليلةً طويلةً مرعبةً، لم يستطع النوم حتى

الصباح؛ لقد تحققت شكوكه، ولا بد أن الأستاذ محمد، إن كان هذا هو اسمه الحقيقي، هو أحد رجال الشرطة، جاء متنكرًا إلى المقهى ليصادقه، محاولًا الحصول منه على اعتراف بأنه قتل زوجته، أو على الأقل يراقبه عن قرب، ويسجل أي مسلك غريب في تصرفاته، ولكنه على أي حال رجل شرطة ماهر. فهو متأكد من أن الحادث ليس قضاءً وقدرًا.

وعندما ظهر نور الصباح، كانت عيناه مُنتفخَتَينِ من السهر والتفكير، وتناهى إلى سمعه أصوات أقدام تصعد سلالم العمارة، وعندما تأكد من ذلك، كاد أن يسقط إلى الأرض ظنًّا منه أن رجال الشرطة جاؤوا للقبض عليه. ولم يطل انتظاره كثيرًا، فأخيرًا دُق باب الشقة مرة، ثم مرة أخرى، ولم يرد الدكتور عصام. سكت ليوهم الطارق بأنه لا يوجد أحد في الشقة، لكنه ذُهل عندما سمع الطارق يقول:

افتح؛ أنا أعلم أنك في الداخل!

ارتجف بشدة، اقترب من الباب كأنه مُنوَّم مغناطيسياً، وهمس: «مَن الطارق؟».

جاء الرد المخيف: «أنا الأستاذ محمد».

تهالك على أقرب مقعد، ودفن رأسه بين يدَيهِ في تعاسة بالغة، بينما الأستاذ محمد يجلس أمامه منتظرًا بهدوء، وأخيرًا قال له:

- لم تردَّ على سؤالي!

نظر الدكتور عصام نحوه بيأس، فعاد محمد ليسأله:

- قل لي أولًا لماذا قتلتَها؟

صمت الدكتور عصام دقيقة يستعرض فيها تفاصيل ما حدث. وأخيرًا تكلم، قائلًا:

- هي التي جعلتني أُفكِّر في التخلص منها. أنا إنسان مسالم لا أجرؤ على ذبح دجاجة. هي التي جعلتني قاتلًا. جعلتني قاتلَها. لقد تزوجتُها عن حُبٍّ، وعشتُ لها زوجًا مُخلِصًا أرعاها وأحيطها بالحب والحنان، على الرغم من أنني اكتشفتُ بعد الزواج أنها لم تكن الزوجة المثالية التي أتخيلها وأتمناها. وكشفتْ لي عن حقيقتها القبيحة بعد أن اكتشفت أنني محروم من نعمة الإنجاب. كانت هوايتها المفضلة أن تسخر مني كل ليلة، وتعايرني بأنني عقيم. على الرغم من أن هذا شيء لا إرادة لي فيه. وتحملتُ سخريتها مني كل ليلة. لكن الكيل فاض، ولم أستطع، ففكرت في التخلص منها، والانتقام في الوقت نفْسه.

سأله محمد:

- كيف قتلتَها إذنْ؟

- فكرتُ في أن أستغل عادتها في القراءة وهي تستحم في البانيو، وفي كلَّ يوم أفتت جزءًا من سلك المصباح الذي تقرأ على ضوئه، حتى تآكل كله. وفي ليلة الحادث، دخلتْ إلى الحمَّام كعادتها، بعد أن حملت الكِتاب والمصباح. وبعد قليل دخلتُ أنا الحمَّام بحجة البحث عن معجون الأسنان الذي أستخدمه، كانت ترقد داخل

البانيو مشغولة في القراءة. ودون أن تشعر، أزحتُ الجزء المتآكل من سلك المصباح إلى المياه، فتكهربت مياه البانيو، ولقيت زوجتي مصرعها في الحال، صعقها التيار الكهربائي. وعندما تأكدتُ من موتها، صرختُ مستنجدًا بالجيران زاعمًا أن الحادث وقع قضاءً وقدرًا.

أصغى محمد باهتمام شديد لاعتراف الدكتور عصام بأنه قتل زوجته، وبعد أن التقط أنفاسه المتهدجة قال: «هأنذا اعترفتُ بجريمتي. وأنا الآن أستطيع أن أذهب معك إلى مركز الشرطة، وعلى استعداد أن أتحمل العقوبة التي سيفرضها القانون. حتى لو كانت الإعدام»، لكنه توقف مذهولًا في أثناء الكلام، وهو يشاهد الأستاذ محمد يغادر مقعده فجأةً، ويتجه إلى الباب منصرفًا. فسأله مذهولًا:

- لكن كيف ساورتْك الشكوك وعلمتَ بأنني قتلتُ زوجتي؟

رد الأستاذ محمد:

- أبدًا. لقد قرأتُ عن حادث مصرع زوجتك في مجلة (الساهرون) المحلية.

عاد الدكتور عصام ليسأله بذهول:

- ألم يخبرك الضباط والعساكر بالحادث؟

ابتسم محمد بغموض، وقال له قبل أن ينصرف ويغلق الباب خلفه: «ومَن قال لك إنني ضابط شرطة!».

لم يصدق الأستاذ عصام نفسه. لقد انصرف محمد بعد أن ألقى في وجهه هذا الاعتراف الغريب. ومرت أشهر بعد أن اعترف له عصام بأنه قتل زوجته، ولم يحدث شيء. بل إن الأستاذ محمد نفسه اختفى، ولم يظهر في المقهى، فعاد الدكتور عصام لممارسة حياته الطبيعية.

وذات يومٍ، فُوجئ الدكتور عصام وهو يجلس على المقهى بحضور الأستاذ محمد، مرتديًا بدلة سوداء وربطة عنق سوداء أيضًا، وبعدما جلس محمد، تبادل معه التحية متوجسًا، وسأله مترددًا:

– لماذا لم تظهر في المقهى طوال الأشهر الماضية؟

قال الأستاذ محمد حزينًا: «لقد وقع حادث مؤسف لزوجتي قضاءً وقدرًا؛ لقد لقيت مصرعها وهي تستحم في البانيو!».

وقبل أن يفيق عصام من ذهوله، غمز محمد بإحدى عينَيهِ، وزالت علامات الحزن من على وجهه. وهمس له:

– أشكرك على فكرتك.

❋❋❋

بعد شهرَينِ من الجريمتَينِ، لاحظ ضابط تحقيق شرطة الصالحية، في اجتماعهم الشهري المنعقد لمناقشة ظواهر الجرائم، تشابه جريمة الصالحية مع الجريمة التي حدثت في الجادرية، ويبرز عامل الشك من خلال النقاش، فطُلب على أثر ذلك من مدير الشرطة الجنائية والحركات تشكيل فريق بحث وتقصٍّ عن أسباب الحادثَينِ، والبحث

90

عن الفاعلَينِ في الجريمتَينِ.

وبعد مراقبة مستمرة، وجمع معلومات عن الزوجَينِ، طُلب من قاضي التحقيق فتح التحقيق مجددًا في القضيتَينِ. وبعد القبض على الدكتور عصام والأستاذ محمد، ومواجهتهما بالحقائق والأدلة المادية التي توفرت لدى الشرطة، اعترفا بجريمتَيهِما الشنيعتَينِ، فأُحيلا إلى محكمة الجنايات لينالا عقابهما العادل.

مقتل المُترجِمة

مرَّ أكثر من ثلاثة أسابيع قبل لحظة اكتشاف الجريمة والعثور على جثة القتيلة داخل شقتها في مجمع الصالحية. ولم تظهر هند أو تُشاهد خلالها، حيث اختفت تمامًا عن الأنظار. هند التي اعتاد الناس رؤيتها صباحًا ومساءً، حتى سيارتها لم تتحرك من مكانها على غير عادتها. كان صاحب محل التجهيزات المنزلية يشاهدها عندما تخرج صباحًا وتعود ومساءً إلى منزلها. وكثيرًا ما يسأل صاحب المحل نفسه: «أين تذهب هذه المرأة في هذا الوقت بالذات؟ وما الذي يجعلها تعود في ساعة متأخرة من الليل؟»، وعندما لا يجد إجابةً، يتذكر أنه ليس من شأنه أن يراقب الناس أو يعرف عن وظائفهم إلا ما سمحوا له بمعرفته. ولكنه علم من أحد الجيران أنها تعمل مترجمةً مع الأمريكان في معسكر أمريكي قرب المطار، وأنها نزلت في الشقة بعد احتلال بغداد، بعدما استأجرتها من أصحابها الذين فروا خارج العراق.

وبفضوله جمع معلومات أخرى عنها. هي مطلقة، وتُقيم في هذه

الشقة بمفردها، على الرغم من أنه يتردد عليها فتاة مع ولد، عرف بعد ذلك أنهما أبناؤها، وعرف أيضًا أن ابنها طالب في جامعة بغداد، وأن ابنتها أيضًا طالبة، وهم يقيمان مع أبيهما في اليرموك، وقد انفصلت عنه في السنوات الأخيرة عقب عودتهما من الخارج، حيث أقاما في دولة الإمارات. أما عن أسباب الانفصال؛ فلا يعرفها.

ولكنه يتعامل معها على أنها ساكنة محترمة، تقتتني منه لوازم البيت من حين لآخر، وتُغدق عليه المال، ولا تبخل في الإنفاق على شراء البضاعة الجيدة التي تقتنيها. ولكن ظل في داخله أن وراء هذه السيدة غموضًا وأسرارًا يصعب حلها إلا بمرور الأيام.

غابت هند عن المحل أكثر من ثلاثة أسابيع، ولم يشاهدها صاحب المحل طيلة تلك الفترة. ولم يساوره شك بأن مكروهًا حدث لها؛ لأنها دائمة السفر، ولا يعرف موعد عودتها إلَّا وهي عائدة بسيارة أجرة تحمل حقائب سفر كبيرة، فيساعدها أحيانًا أحد عماله في حملها إلى داخل الشقة. أما باقي سُكَّان العمارة؛ فعلاقاتهم بها شبه مقطوعة، ولم يساورهم الشك أيضًا في أن الرائحة المنبعثة من داخل شقتها هي رائحة تفسخ جثتها، بل ظنوها مجرد رائحة عادية منبعثة من حاوية القمامة من أسفل المبنى، فأطلقوا البخور ومعطرات الجو للتخلص من هذه الرائحة.

شخص واحد هو الذي تسرب الشك إلى صدره، ودفعه إحساسه إلى أن هناك مكروهًا قد حدث لها.. هو ابنها الطالب في الكلية، هاتفها

أكثر من مرةٍ، فوجد المحمول مغلقًا، وهي المرة الأولى التي تبقى فيها هذه الفترة الطويلة، ولا تسأل عنه ولا تتصل به أو بشقيقته، ولم يجدْ مفرًّا من الذهاب إليها ليتعرف بنفْسه عما حدث لأمه. وعندما وصل إلى العمارة، سأل حارس العمارة عنها، فأجابه أنه لم يشاهدها منذ فترة طويلة، وأن من الممكن أن تكون قد سافرت للخارج. فاضطر للصعود إلى الشقة مع الحارس بعد سماعه هذا الكلام، وقف أمام باب الشقة وطرقا الباب بقوةٍ، إلَّا أنهما لم يلقيا إجابة، ولم يجدا أمامهما إلا كسر الباب للاطمئنان عليها؛ فربما تكون قد ماتت ولم يسعفها أحد!

واستعان الحارس والابن فعلًا بنجار، وكسروا الشقة، وعندما دخلوها، لم يطيقوا الرائحة الكريهة التي واجهتهم، وشعروا أن هناك جثة في الشقة. ولاحظوا أن باب غرفة النوم مغلق، وحين فتحوه، وجدوا جثتها على أرض الغرفة، وهي في حالة تعفن. ولم يستطيع الابن النظر إلى جثة والدته بعدما شُل تفكيره وبكى. فسارع حارس العمارة بالاتصال بشرطة الصالحية. وبعد ربع ساعة حضرت دورية من الشرطة إلى الشقة، وكشفتْ على الجثة وعلى محتويات الشقة، وتبين من الكشف الابتدائي أن المجني عليها تُدعى هند، عُمرها 54 عامًا، تعمل مترجمة في وحدة أمريكية بجوار المطار، وأن الجثة مصابة بعدة طعنات نافذة، وتعفنت الجثة نظرًا لمرور وقت طويل على الحادث الذي لم يُكتشف في حينه؛ لأنها تقيم بمفردها في الشقة. كما شاهدت الشرطة آثار عنف داخل غرفة النوم فقط دون باقي غرف الشقة، وهو ما يؤكد أن مكان

العثور على الجثة هو مكان ارتكاب الجريمة. كما لاحظت أن باب الشقة ليس به أي آثار للكسر تدل على اقتحام الجاني للشقة. كذلك تبين للشرطة اختفاء هاتفها المحمول وبعض مصوغاتها الذهبية، وهو ما جعل الضباط يعتقدون مبدئيًا أنها حادثة القتل بدافع السرقة.

أبلغت شرطةُ الصالحية الإدارةَ العسكرية الأمريكية بالحادث، فزارت وحدة عسكرية مبنى الشقة، وصورت الحادث والجثة، وطلبت من الشرطة الاهتمام بالحادث، وكشف الجناة. وبعدها شُكِّل فريق عمل مشترك بين الأمريكان والشرطة في الصالحية، حيث بدأ الفريق يجمع المعلومات عن المجني عليها، وعن الذين يترددون عليها، وهل لها علاقات عاطفية معينة مع أشخاص آخرين. كما عمل فريق البحث على احتمال أن يكون الدافع وراء القتل هو السرقة، ولكن بعد إلقاء القبض على المشتبه بهم تلاشى هذا الاحتمال. ثم بدأ بصيص أمل جديد يظهر للكشف عن القاتل بعد العثور على هاتف القتيلة عند بائع موبايلات في سوق قريب من العمارة.

وعند الاستفسار منه عن سبب وجوده في محله، ذكر بأنه اشتراه من شاب يسكن في عمارة قريبة يُدعى محمدًا، وهو طالب في أحد المعاهد. وفي سرية تامة جمع فريق العمل المعلومات عن الطالب محمد، التي أشارت أصابع الاتهام إليه. وتبين المعلومات التي جمعتها الشرطة عن الطالب محمد أنه طالب فاشل في دراسته، وتكرر رسوبه في أكثر من معهد وكلية أهلية، فقرَّر والده تسجيله في معهد خاص لتعلم

الفنون والموسيقى، وأنه يتعاطى الحبوب المخدرة والكبسلة. وبتكثيف الجهود ومراقبة منزله قُبض عليه ونُقل إلى مركز الشرطة. وبعد محاصرته بالأسئلة، ومواجهته بالشهود وبائع الموبايلات الذي اشترى منه موبايل الضحية، انهار واعترف بجريمته، وروى تفاصيل قتله للمجنِّي عليها، وأكد في التحقيق أنها كانت دائمة الاستهزاء منه، حتى أنها بصقت في وجهه مرةً، وهو ما جعله يقرر الانتقام منها، وأن يأخذ منها ما يريد حتى ولو بالقوة؛ فقد كان متشوقًا لإقامة علاقة جنسية معها.

وفي يوم الحادث، جلس قريبًا من عمارتها، فرآها تعود في الثانية عشرة مساءً وقد خلا الشارع من المارة، فتعقبها حتى دخلت المصعد، وفاجأها من خلفها، وأطبق عليها بذارعه، وأشهر بالذراع الأخرى سكينًا في وجهها، وأجبرها على الدخول إلى الشقة. وعندما فتحت الباب، دفعها داخل الشقة، ودخل معها غرفة النوم، وعندما راودها على نفْسها، انفعلت وراحت تسبه محاولةً إبعاده عنها بالقوة. وعندما لم يصل إلى ما يريد، خنقها حتى فقدت الوعي، فظنها ماتت، وخرج إلى الصالة، وفتش حقيبتها، واستولى على 500 دولار، وتليفونها المحمول وبعض القطع الذهبية. وقبل أن ينصرف، سمع أنينها، فعلم أنها لا تزال على قيد الحياة، وإذا عادت إلى الحياة مرة أخرى، ستكشف أمره. فعاد إليها مرة أخرى، وخنقها، وليتأكد من أنها فارقت الحياة، طعنها عدة طعنات، حتى سقطت جثة هامدة وسط بركة من الدماء. مكث بعدها في الشقة، وراح يراقب الشارع ليتأكد أنه لن يراه أحد عند

خروجه، حتى تأكد تمامًا من خلوِّ الشارع، فهرول هاربًا منها.

صُدقت أقوال الجاني قضائيًا بعد أن أُجريَ كشف الدلالة على الشقة ومحل الحادث، وقرر قاضي التحقيق إحالته إلى محكمة جنايات الكرخ.

الإخوة التوءم

هناك قضايا تظل عالقًا بالأذهان، ولا تذهب طي النسيان بمرور السنين. تلك الجرائم التي تتسرب الشكوك إلى الأحكام التي صدرت بشأنها؛ فليس أقسى على النفْس من أن تظلم بريئًا، كما أن هناك رغبة أكيدة في ألَّا يفلت المجرم. وبين هذَينِ المحورَينِ تظل هذه القضايا حائرة، وتصدر فيها أحكام جنائية، ولكنها لا تحظى بالاقتناع، وتظل على ألسنة الناس والمحققين شهورًا وسنوات. ومن هذه القضايا المهمة قضية الإخوة التوءم.

امرأة كبيرة السن تستغيث بالناس من نافذة شقتها في شارع حيفا. لا بدَّ أن مكروهًا أصابها. وخلال نصف ساعة وصلت سيارة النجدة إلى العمارة التي تجمَّع أسفلها المارة يستمعون إلى صراخ المرأة، ويشيرون إلى النافذة. حطم ضابط دورية النجدة الباب بقوة، واندفع إلى داخل الشقة من إحدى الغرف. أتى الأنين مكتومًا. وجدها ملقاة على الأرض، يداها موثوقتان بالحبال بشدة. طلبت العجوز بعد أن فكوها

أن تتناول دواءها، وبعدما ارتشفت كوب الماء، روت ما حدث قائلة:

- صباح اليوم طُرق باب الشقة. وعندما فتحتُ، وجدتُ شابَّينِ مهذبَينِ، قالا لي إنهما سمعا من بعض المعارف أنني أبحث عن مُستأجر لشقةٍ أمتلكها، وأنهما يدرسان بالجامعة، ويحتاجان إلى هذه الشقة. لم أجد غضاضة في موافقتهما، فقد كانت الشقة الأخرى خالية منذ فترة طويلة، وهي تعود لأخي الذي سافر إلى أمريكا. وافقتُ وسمحتُ لهما بالدخول، ولكن ما إن أغلقتُ الباب، حتى فُوجئتُ بأحدهما يستل سكينًا من طيات ملابسه، ويشهرها في وجهي مهددًا بقتلي إذا صرختُ أو استنجدتُ، ثم قيدني الثاني ببعض الحبال، وبحثا عن النقود في أنحاء الشقة، لكنهما لم يعثرا على أي نقود، فانهالا عليَّ بالضرب بقطعة من الخشب، حتى سقطتُ على الأرض، فاعتقدا أنني مت، فغادرا الشقة في الحال، وقد نسيا أن يُلقيا نظرة على الصندوق الفضي الموجود في دولاب في غرفة المطبخ.

سألها الضابط:

- وماذا في الصندوق الذي لم يُفكرا في سرقته؟

قالت ببساطة:

- به مجوهرات وحلي ذهبية تقدر بعشرة ملايين دينار!

بعد أن قرأ مدير شرطة الكرخ تقرير الحادث، طلب من ضابط تحقيق مركز الجعيفر الاهتمام بهذه القضية، وقال له: «هذه قضية

خطيرة؛ شروع في قتلٍ مع سرقة. لا بد من القبض على اللصَّينِ، وأمامك ثلاثة أيام للقبض عليهما».

حدثت هذه القضية مع قضايا أخرى مُشابهة تحدث يوميًّا في العاصمة بغداد، لصوص ومجرمون يقتحمون الشقق، ويهددون بقتل الناس الأبرياء في وضح النهار.

في هذه الواقعة اهتم ضابط التحقيق بأسلوب الجناة في الدخول والخروج من شقة المرأة العجوز. واستجوب تلك المرأة التي يستهلك الخرف والنسيان كلَّ حديثها. جلست أمام الضابط تروي ذكرياتها عن السنين الغابرة.. كانت تعيش في سعادة مع زوجها السفير في الخارجية الذي رحل عن الحياة ليتركها مع الوحدة والمرض والشيخوخة. تتكلم وهي تقلب بيدها علبة سجائر من النوع الفاخر، وأمامها يجلس ضابط مركز الجعيفر متظاهرًا بالاهتمام إلى حديثها، وبين حين وآخر يقاطعها، ويعود بها إلى يوم الحادث يسألها عن أوصاف الشابَّينِ، لكنها تعطيه أوصافًا تنطبق على آلاف الشبان.

قالت:

- صدقني.. ملامحهما عادية.

سألها:

- لكن ألم تلاحظي أي شيء غير عادي فيهما؟
سكتت برهة، ثم قالت:

- أحدهما على يده اليُسرى وشم.

كان من المستحيل على ضابط الشرطة أن يبحث وسط الملايين عن شاب عادي على يده اليسرى وشم، لكن كان عليه أيضًا أن يبحث من نقطة ما، واختار أن يسأل جيران المرأة المسنة وحارس العمارة، لكن الجميع أكدوا أنهم لم يلتقوا هذا الشاب.

وسع الضابط دائرة التحريات، وسأل أصحاب المحلات المقابلة للعمارة، وكانت كلمة «لا نعرفه» تدفعه إلى السؤال مرة ثانية وثالثة ورابعة، حتى جاء الفرج.. صاحب صيدلية في الشارع قال إن شابًا على يده وشم عمل لديه من قبلُ، ولكنه ترك العمل فجأةً، واختفى. لا يعرف عنوانه، لكن صاحب معرض الموبليات المجاور يعرفه؛ لأنه هو الذي أحضره ليعمل في الصيدلية. وقال صاحب معرض الموبليات: إن الشاب ابن موظف بسيط الحال، وقد جاء يبحث عن عمل لديه، فأوصى به صاحب الصيدلية، ولم يتوانَ عن الإرشاد عن مسكنه في شارع الشيخ معروف وقريبًا من المقبرة.

انطلق ضابط المركز ورجاله إلى هناك حالًا. طرق ضابط المركز باب الموظف البسيط، متظاهرًا أنه صديق ابنه الشاب وسأله عنه، قال الأب بلا مبالاة: إن ابنه في الشارع، وإنه لا يعرف موعد عودته.

عاد ضابط المركز إلى سيارته، وجلس مع أفراد الدورية ينتظرون عودة الابن، الذي تبين أنه طالب فاشل. مرت ساعة.. ساعتان.. ثلاث! لا يزالون ينتظرون، حتى خلت الشوارع من المارة. وبعد منتصف الليل

بقليل، ظهر شبح من بعيد قادمًا في اتجاه المنزل، كان هو الشاب نفسَهُ، وقبل أن يدلف إلى الباب، اقتاده ضابط المركز ورجاله سريعًا إلى سيارتهم، وانطلقوا به إلى مركز الشرطة.

في الصباح جاءت المرأة المسنة، وعندما شاهدت الشاب صرخت: «هو بعينه.. هو الذي اقتحم شقتي مع شريكه، وهددني بالسكين، ثم ضربني وفقدت الوعي»، لكن الشاب ظل يردد في إصرار:

– أنا بريء.. أنا بريء..

وظل الشاب طوال الوقت ينكر أنه الفاعل، وعلى الرغم من أنه لم يستطيع تقديم أي شهود يؤكدون عدم وجوده في مسرح الحادث، إلا أنه ظل يردد عبارة أنه بريء. احتار ضابط المركز؛ فلقد تعرفت المجني عليها عليه. صحيح أنه ينكر.. لكن معظم المتهمين ينكرون ولا يعترفون بسهولة. وما على ضابط المركز إلا أن يدون أقواله ويحيله إلى قاضي التحقيق.

أمسك الضابط القلم، لكنه لم يكتب كلمة واحدة. فجأةً طلب من المراسل إحضار الشاب المتهم، وعندما حضر، قام الضابط من مقعده، ووقف أمامه، ثم رفع أكمام قميصه سريعًا، وحدَّق في دهشة إلى يدَيهِ. لم يكن هناك وشم على أيِّ من يدَي المتهم!

«يبدو أن هذه الليلة لن تنتهي»، هكذا همس ضابط المركز وهو يقلب بين يدَيهِ الأوراق التي تحكي عن المعلومات التي أُجريت على

عائلة الشاب الذي اشتُبه به. والتي تقول: إن الأب الموظف لديه بنت تُدعى سُمية، وولدان عُمر كل منهما 22 سنة؛ الأول هو المتهم ويُدعى حُسينًا، والثاني يُدعى حسنًا. وضع ضابط المركز وجهه بين يدَيهِ، واستغرق في التفكير، حتى ظن مساعده أنه نام من الإرهاق. لكنه رفع رأسه، وطلب من المراسل إحضار المتهم حسين مرةً أخرى، وعندما حضر، قال له ضابط المركز:

– لقد قررتُ إخلاء سبيلك حالًا.

قال الشاب غير مصدق:

– يعني أقدر أعود إلى بيتنا؟

قال الضابط:

– نعم.

قال الشاب وهو يستدير:

– شكرًا يا سيدي. مع السلامة.

رد الضابط:

– مع السلامة يا حسن.

قال الشاب:

– مع السلامة يا سيدي.

لكن ضابط المركز صُرخ في المراسل:

- أمسكه! لا تدعه يذهب!

وقف الشاب حائرًا، بينما واجهه الضابط وفي عينَيهِ نظرة انتصار.

قال الضابط:

- إذنْ أنت حسن، ولست حسينًا!

همس الشاب في استسلام:

- حسين هو أخي التوءم.

❋❋❋

في مقهى شباب الكرخ، جلس حسين متهالكًا على مقعده، صرخ في عامل المقهى طالبًا رأس أركيلة جديد. وعندما مد يده ليمسك الفحم ليضعه على الأركيلة، فُوجئ بقبضة حديدية تمسك يده تمامًا فوق الوشم، وعندما نظر في ذهول إلى صاحبها، كان ضابط المركز الذي قال:

- أنت مقبوض عليك بتهمة الشروع في القتل والسرقة بالإكراه.

قال حسين وقد أطاحت الصدمة بالمعسل الذي عبق رأسه:

- لم يكن لديها شيء أسرقه.

قال ضابط المركز:

- بل كان لديها أشياء!

سأل حسين حائرًا:

105

- ماذا؟

قال الضابط:

- مجوهرات وحلي ذهبية بعشرة ملايين دينار!

الجريمة التي كشفها الهاتف النقال

العاشرة ليلًا، والظلام الحالك يخيم على تلك البقعة الواقعة عند أطراف الكورنيش. ومن بعيد لاحت بعض أضواء السيارات العابرة، تخترق الطريق المؤدي إلى الكاظمية، باتجاه شارع المحيط. أصوات السيارات تبدو خافتةً بعض الشيء، كأن محركاتها انتابها النعاس.

خلال تلك الساعة من الليل كان ضابط التحقيق يقلب بعض الأوراق، عندما قطع الصمت صوت محرك يتوقف، وصرير باب إحدى السيارات يفتح ثم يُغلق بسرعة خاطفة.

تبادر إلى ذهن الضابط أن مدير دوريات العاصمة أتى لتفتيش المركز، فوضع قبعته على رأسه، ثم اعتدل في جلسته استعدادًا للوقوف لاستقبال المدير. اقترب وقع الأقدام من المكان، فتبين للضابط، من شعاع الضوء الخافت خارج الغرفة، شبح أنثى في ثوبها الوردي تقترب من المكتب. تقدمت الفتاة خطوات أكثر، فظهر وجهها، وتبين أنها في مقتبل العمر، تنحدر على خديها قطرات الدموع، وتعلو وتهبط

أنفاسها كأنها تسابق خطواتها نحو الضابط.

دخلت الفتاة إلى الغرفة من دون استئذان، لتتضح أكثر صورة شَعرها المنكوش وآثار بعض الغبار على ثوبها عندما راحت تردد بشفتَينِ مرتعشتَينِ:

- المجرمون قتلوا زوجي.. قتلوا زوجي.. أرجوكم...

نهض الضابط محاولًا تهدئة الفتاة والاستماع إلى روايتها، قائلًا:

- تفضلي.. تفضلي بالجلوس على الكرسي.. رجاءً اهدئي.

ثم هدَّأ الضابط وزميل آخر روع الفتاة التي ارتمت بأنفاس لاهثة على المقعد الخشبي. طلب الضابط من الشرطي المناوب إحضار كأس ماء سريعًا قبل أن يبدأ بالسؤال:

- ماذا حدث؟ من قتل زوجكِ؟ أين هو الآن؟ اهدئي أرجوكِ!

تناولت الفتاة نصف كوب من الماء، قبل أن ترفع يدها إلى خدَّيها تمسح الدموع:

- كنت أنا وزوجي نتمشى على ساحل الكورنيش في منطقة الكاظمية قبل حوالي نصف ساعة من الآن، عندما هاجمنا مجموعة من الأشخاص، أظنهم لصوصًا، طعنوا زوجي بالسكين، فسقط على الأرض، تركته هناك ينزف الدم.. سيموت زوجي.. أرجوكم أنقذوا زوجي!

اتجه الضابط إلى الهاتف، متصلًا بالإسعاف الفوري، بينما زميله

الآخر يتابع رواية الفتاة مستمرًّا في تهدئتها، ومحاولًا معرفة المكان الذي تركت فيه زوجها المطعون.

– هناكَ عندَ السَّاحل قريبًا من ضفة النهر القريبة من المطعم السياحي.. لست متأكدة من المكان بالضبط.. سأذهب معكم.

خلال وقت وجيز كان فريق العمل جاهزًا؛ ضابط الأدلة الجنائية، سيارة الإسعاف، وسيارة الشرطة تمزق بأضوائها الظلام، وتزيح بصافرتها السيارات الأخرى إلى جانبَي الطريق. وعند منحدر النهر توقف الجميع. سلط بعض أفراد الشرطة الأنوار على المكان الذي أشارت إليه الفتاة على ضفة النهر.

– لا يلمس أحدٌ شيئًا! تقدموا في هدوء!

راحت التعليمات تصدر من ضباط التحقيق إلى فريق العمل كلًّا في مجال اختصاصه.

كان الجسد ملقى على الأرض، ومن حوله بقع الدم التي غطت أطراف سرواله الرصاصي. بدا الوجه شاحبًا، وبدت العينان نصف مغمضتَينِ، وآثار الرمال على الوجه والصدر واليدَينِ.

تحسس رجال الإسعاف أطراف الجسد. ورفع أحدهم يده، وضغط ضغطًا خفيفًا على معصمه قائلًا:

– لا يزال الرجل حيًّا!

أسرع رجال الإسعاف بوضع غطاء على الجسد، وبحذر نفذوا

التعليمات، ونقلوه إلى داخل سيارة الإسعاف، التي انطلقت مسرعةً نحو الطريق المؤدي إلى المستشفى. تفحص ضابط التحقيق وفريق العمل المكان تحت الأضواء الكاشفة؛ لعلهم يجدون ما يقود إلى المجرمين من آثار تركوها في موقع الجريمة. تأملوا حبات الرمال التي بدت مفروشة كبساط ممتد حول المكان. وجمع فريق العمل قطرات الدم المتناثرة على الرمال، ووضعوها داخل كيس بلاستيكي. بينما تفحصت الأنظار أرجاء المكان بحثًا عن الأداة التي ارتُكبت بها الجريمة.

لم يمضِ وقت طويل، حتى وقعت أعينهم على جسم معدني يلمع مع أضواء الكشافات تحت كومة من الرمال، وسرعان ما تبين أنها سكين مخضبة بالدماء. رفع أحدهم السكين ليجدها من تلك السكاكين المستخدمة في المطبخ، ما يدل على أن مرتكبي الجريمة ليسوا من المحترفين، بل ربما كانوا شلة ممَّن لعبت الخمر برؤوسهم ليرتكبوا هذه الجريمة بسكين المطبخ التي حملوها ضمن عدتهم.

لم تقدم الرمال بدورها تفسيرًا منطقيًّا لما حدث، فلا توجد آثار مشاجرة أو مقاومة سبقت محاولة القتل، بل كان هناك آثار أقدام تسير بشكل طبيعي قريبًا من موقع ارتكاب الجريمة. فساور الشك المحقق حول رواية الفتاة، خاصة بعد أن لاحظ الهدوء المريب الذي على ملامح وجهها وحركات عينَيها السريعتَينِ، فبادرها بسؤال:

- ما شكل الأشخاص الذين هاجموا زوجكِ؟

انقض السؤال على الفتاة مبددًا هدوءها الغريب، فتلعثمت

وهي تجيب:

– كانوا ثلاثة.. لا.. أظنهم أربعة أشخاص ملثمين.. أحدهم شَعره غزير ولونه أسمر، وأحدهم طويل.. صراحة لم أستطع رؤيتهم جيدًا في الظلام!

عزَّزت حركات الفتاة واضطرابها شكوك المحقق الذي حدَّق فيها بنظرات ذات مغزى. مضت السويعات ثقيلة قبل أن يتصل به الطبيب في المستشفى، ويبلغه بأن الوفاة حدثت في أثناء نقل الجثمان إلى المستشفى بسيارة الإسعاف، وأن الوفاة حدثت نتيجة جرح نافذ إلى منطقة القلب من آلة حادة.

❋❋❋

تحت ضغط الشكوك التي تساور ضابط التحقيق، قرر الضابط إعادة استجواب الفتاة، وضيَّق الخناق عليها والبحث عن تفاصيل روايتها التي لم تثبت على جملة واحدة مما ورد بها. بينما يجمع رجال الشرطة الآخرون المعلومات من هنا وهناك، من أقرباء الفتاة، وعن علاقاتها السابقة، ومع مَن كانت تتحدث عبر هاتفها النقال، وما آخر اتصال تلقته، ومَن آخر المتحدثين معها.

لاحظ الضابط أن الوقت الذي حددته الفتاة لوقوع الجريمة، يعقب آخر اتصال تلقته بوقت وجيز، فسألها عن مصدر الاتصال، فحاولت المراوغة.

111

تابعوا البحث عن رقم المتصل، فتبين أنه مسجل باسم شاكر.. مَن شاكر؟ وما علاقتها به؟

لم تشأ الفتاة أن تتحدث، بل بدا عليها الارتباك عندما ذُكر اسمه أمامها، وازدادت ضربات قلبها خفقانًا.

عرف الضابط من أين تأتى الإجابة.. كانت الإجابة من إحدى صديقاتها، فذكرت أن المتصل هو صديق قديم للفتاة، تعرفت عليه منذ سنتَينِ من خلال هاتفه النقال، وتطورت علاقتهما الغرامية قبل أن يخطبها القتيل.

من أول هذا الخيط، تتبع المحقق بقية الخيوط التي راحت تتشابك، بينما فريق العمل يحاصر الفتاة بالأسئلة، وفجأةً وتحت ضغط التساؤلات سالت الاعترافات!

القتيل هو خطيب الفتاة، تربطه بها صلة قرابة، خُطبا، وعُقد قرانهما منذ عدة أشهر. هو شاب في مقتبل العمر، موظف بسيط، عُرف عنه دماثة الخلق وطيب المعشر بين زملائه، هادئ متزن ومتدين، منضبط في حياته وعمله وعلاقاته.

القاتل هو عشيق الفتاة. يصغر القتيل ببضع سنوات. استمرت علاقته بها عدة سنوات. تأكل قلبه الغيرة والحسد بعد أن خُطبت عشيقته لقريبها. لم يشأ أن يتركها أو يرتدع بعد أن عُقد قرانها عليه، بل تمادى في اتصالاته الغرامية وأحاديثه معها عبر الهاتف النقال،

وكم سخر من خطيبها، عندما تحدته أن يثبت لها حبه وتعلقه بها بالتخلص من خطيبها الذي لم تشفع له صلة القرابة والدم!

❈❈❈

بدأت فكرة التخلص من الزوج تنسج خيوط الجريمة وترتسم تفاصيلها في مخيلة العاشق وصديقته، حتى اكتملت، وبقيت ساعة التنفيذ.

كان على الفتاة أن تستدرج خطيبها في وقت متأخر من الليل إلى كورنيش الكاظمية، بدعوى الاستمتاع بضفاف نهر دجلة والهروب من حرّ الصيف.

لم يَدُرْ في خَلَد الفتاة أن همساتها عبر الهاتف كانت نفثات الشيطان، حيث حددت لعشيقها موقع وجودهما على الكورنيش، فانطلق العاشق واثنان من أصدقائه اللذان أوهمهما بأن قريبته تعرضت إلى الإهانة والتحرش من قِبَل أحد الأشخاص الذي استدرجها إلى ضفة النهر وينوي الغدر بها، وأن شهامته ومروءة صديقَيهِ تقضي عليهم الذهاب والانتقام لكرامتها.

هُرع الثلاثة إلى الكورنيش، وتحت جنح الظلام انهالوا على خطيبها فمزقوا ظهره وصدره بالسكين، ليسقط مضرّجًا بدمائه دون أن يحرك ذلك شعرة من مشاعر خطيبته اللعوب، التي بكت وحكت تفاصيل مسرحية ملفقة في مركز الشرطة، لتفضح كذبَها رمالُ نهر دجلة التي

113

كانت أصدق شاهد على تلك الجريمة البشعة التي روعت الناس،
وأدمت القلوب حسرة على فتى طيب كل ذنبه أنه حلم بحياة سعيدة.

جثة وساطور

ذُهل ضابط خفر مركز شرطة الجعيفر عندما اقتحم غرفته رجل رث الثياب، والمياه تقطر من ثيابه القديمة على أرض الغرفة.

صاح الرجل منفعلًا: «أنا صياد سمك».

سأله ضابط الخفر مستغربًا: «ماذا تريد؟».

قال الصياد: «أنا صياد.. أمتلك قاربًا صغيرًا، وأعمل في صيد السمك في شريعة النواب في الكرخ مقابل مستشفى الولادة».

قاطعه الضابط صارخًا: «هل ستروي لي قصة حياتك! قل ماذا تريد بالضبط!».

التقط الصياد المذعور أنفاسه، ثم قال: «لقد تعودتُ أن أبدأ عملي في الظلام قبل صلاة الفجر؛ فهذا أفضل وقت لصيد البني والشبوط».

زفر الضابط قائلًا: «حسبي الله ونعم الوكيل!».

لكن الصياد أكمل: «لقد خرجتُ في موعدي اليوم، وانطلقتُ

بالبلم الصغير نحو بقعة مضيئة بجوار الشاطئ قرب الجزرة، أعلم أنها تغص بالأسماك، وألقيتُ شبكتي، وظللتُ أنتظر على أمل أن أظفر بصيد وفير. وبعد فترة سحبتُ الشَّبكة، وانشرح قلبي بالفرح عندما وجدتها ثقيلة على غير العادة، ومنَّيتُ نفسي بالصيد الهائل، لكنني أُحبطتُ عندما ظهرت الشبكة فوق المياه ولم أجد فيها سوى كيس ضخم، فعدتُ مرة أخرى أحدث نفسي، وتخيلتُ أنني سأعثر على كنز مفقود في الكيس، لكن ظني خاب مرة أخرى».

وقاطعه الضابط وقد نفد صبره: «وعلى ماذا عثرتَ داخل الكيس الذي اصطدتَهُ؟».

قال الصياد: «على جثة.. من دون رأس!».

***

أسرع ضابط الخفر مع الصياد إلى ضفة نهر دجلة، وهناك وجد الجثة داخل الكيس. كان المشهد بشعًا.. جثة امرأة ممزقة إلى أجزاء بواسطة ساطور ضخم، أما الرأس؛ فلم يكن موجودًا. وتأكد الضابط أن الجاني تعمدوا إخفاء رأس المرأة المقتولة؛ ليصعب الاهتداء إلى شخصها! وبدأت الشرطة تحقق في هذه القضية الغريبة. وبعد أيام وصل تقرير الطب العدلي، الذي شرَّح الجثة وذكر الطبيب في تقريره: «صاحبة الجثة امرأة يتراوح عمرها بين التاسعة عشرة والثانية والعشرين، بيضاء اللون متوسطة الجسم، سبق لها الزواج، ويُرجح أن الجريمة ارتُكبت

116

قبل أسبوع من اكتشاف الحادث، وقد مُزقت الجثة بمهارة لا يمتلكها سوى طبيب جراح أو قصاب ماهر. والمرجح أن يكون قصابًا بسبب الساطور الذي عُثر عليه مع الجثة، وهو من النوع الذي يستخدمه القصابون في عمليات الذبح وتقطيع اللحوم»!

وعمل ضابط مركز شرطة الجعيفر على كشف غموض الحادث. وأول ما فعله أن فحص الشكاوى والإخبارات التي سُجلت في مركز الشرطة والمراكز الأخرى في العاصمة خلال الفترة الأخيره عن غياب أو اختفاء امرأة تكون في عمر المرأة القتيلة المجهولة، واكتشف الضابط اختفاء عدد كبير من النساء، لكنه توقف مذهولًا أمام خبر معين! فقد أخبر أحد الأزواج عن اختفاء زوجته من فترة مماثلة، وتكاد تطابق الأوصاف التي ذكرها عن زوجته مع أوصاف صاحبة الجثة المجهولة.. لكن الشيء المثير الذي استوقف ضابط المركز أن الزوج يعمل قصابًا!

أرسل الضابط في طلبه، وبعد ساعة وقف القصاب أمامه ليحكي قصة اختفاء زوجته، فقال: «تعرفتُ إليها. كانت زوجة ثري كبير طاعن في السن، وكنتُ أوصل اللحوم إلى منزلها، وبقيتُ أتردد عليها حتى بعد وفاة زوجها. ولاحظتْ هي إخلاصي وتعلقي الشديد بها. وعندما شعرتُ أن الإعجاب متبادل بيننا، تقدمتُ للزواج منها، فوافقتْ في الحال. وبعد الزواج عرضتْ عليَّ أن أترك مهنة القصابة، وأن أتفرغ لإدارة الثروة التي ورثتْها عن زوجها الأول. لكنَّني رفضتُ؛ لئلَّا يُقال إنني تزوَّجتُها طَمَعًا في ثروتها. تعودتُ أن أغادر البيت في

الصباح إلى محل القصابة في الشواكة الذي أمتلكه، وأعود إليها عند الغروب، فأجدها تنتظرني بشوق ولهفة. لكنني عدتُ من عملي في أحد الأيام، فلم أجدها في المنزل. وقال لي بعض الجيران إنها غادرت البيت برفقة امرأة تتردد عليها وعلى بعض جيرانها من النساء؛ لقراءة الفنجان والبخت لهن. وانتظرتُ عودتَها، لكنها لم تَعُدْ».

سأله الضابط: «هل تعرف أعداء لزوجتك قد يضمرون لها الشر؟».

قال القصاب: «أبدًا».

سأله الضابط: «وأنت؟».

قال القصاب: «ليس لي أعداء، ولا يوجد مَن يفكر في إيذائي سوى شخص واحد!».

سأله الضابط: «مَن؟».

قال القصاب: «زوجتي السابقة؛ فقد طلقتُها بعد أن تزوجتُ زوجتي الحالية. لكن لا أعتقد أنها تجرؤ على إيذائي أو إيذاء زوجتي الجديدة».

وهنا أخرج الضابط الساطور الذي عُثر عليه مع الجثة، وسأل القصاب: «هل تعرف هذا الساطور؟»، أُصيب القصاب بالدهشة والذهول، وتردد في الإجابة. وعندما سأله الضابط مرة ثانية، قال القصاب: «لا أعرفه». وهنا طلب الضابط من مراسله أن يحضر صبي القصاب من الغرفة الثانية، وكان استدعاه دون أن يعلم القصاب، وما

إن شاهد الصبيُّ الساطور، حتى قال: «هذا الساطور مال إستادي!».

ولم يجد القصاب بُدًّا من الاعتراف بالحقيقة، فأقر أن الساطور يخصه حقًّا، لكنه خشي من الاعتراف بذلك، فتلصق به التهمة. وقال: إن الساطور قد اختفى منذ فترة منه، قبل حادث اختفاء زوجته، وقد بحث عنه كثيرًا دون جدوى، وأقسم إن هذه هي الحقيقة. أما قتل زوجته؛ فهو بريءٌ منه براءة الذئب من دم ابن يعقوب! وأُصيب القصاب بحالة هيسترية وهياج، فأخذ يقول وهو يبكي: «أنا مظلوم.. صدقوني.. فلو أردتُ قتل زوجتي، لماذا سأضعُ الساطور مع جثتها وأقدم بيدي دليل إدانتي؟ لماذا لا أدفنه في أرض مهجورة أو ألقيه في الشط؟».

سأله الضابط: «لماذا قتلتَ زوجتك؟».

قال القصاب: «لم أقتلها.. ولو أنني كنتُ طامعًا في ثروتها، لحصلتُ عليها دون أن ألوث يدي بدمها. فلقد أوشكتْ أن تعطيني وكالة عامة مطلقة لأدير كل ثروتها. أنا مظلوم، ولم أقتلها!».

كان سهلًا على ضابط المركز أن يُقدِّم القصاب إلى قاضي التحقيق ليحبسه بتهمة ذبح زوجته؛ فكل الأدلة تدينه، ولا أحد يستفيد من مقتل الزوجة غيره. لكن الضابط شعر بإحساس غامض، جعله يصدق القصاب حين يصرخ ويبكي: «أنا مظلوم.. لم أقتلها».

وقال الضابط لنفسه: إن دفاع القصَّاب عن نفسه دفاع منطقي؛ فهو قصَّاب، فكيف يترك ساطوره مع جثة زوجته التي ذبحها؟ لكن

يُحتمل أنه كان يعتقد أن أمر الجثة لن يكتشف، ولم يتخيل مطلقًا أن تلعب الصدفة دورها، فيعلق الكيس الذي أخفى داخله الجثة في شبكة الصياد. وهنا سأل الضابط نفسه بصوت يكاد يكون مسموعًا: «لكن هل اكتُشفت الجثة بالصدفة البحتة؟!».

وحتى يُرضي ضميره، كان على ضابط المركز أن يحقق في مسألة صدفة اصطياد الصياد للجثة، فانطلق إلى بيت صياد السمك، وهناك كانت تنتظره أكثر من مفاجأة مذهلة!

فُوجئ ضابط المركز بأن صياد السمك يرتدي ملابس جديدة، كما لاحظ أن زوجته أسرعت بالاختفاء فور دخوله المنزل، ثم ظهرت بعد دقائق، فطلب الضابط من الشرطة تفتيش بيت الصياد، وسرعان ما عثر رجال الشرطة على الشيء الذي أخفته زوجة الصياد، وكان مجموعة من الحلي الذهبية، زعمت الزوجة أنها ملكها، لكنها عادت لتعترف بأن زوجها أحضر إليها هذه الحلي منذ فترة.

وعاد ضابط المركز ومعه الحلي الذهبية والصيَّاد الذي كان منهارًا، وعندما شاهد القصَّاب الحلي الذهبية. صرخ: «هذا ذهب زوجتي!».

سأله الضابط: «زوجتك الثانية القتيلة؟».

صرخ القصَّاب: «بل ذهب زوجتي الأولى التي طلقتُها!».

وهكذا تكشفت الحقيقة كاملة، وتبين أن مُطلَّقة القصَّاب قد أُصيبت بغيرة جنونية بعد أن طلقها، وتزوج الحسناء صغيرة السن،

ففكرتُ في طريقة جهنمية للانتقام، فاتفقت مع الصياد على أن يذبح زوجته الثانية مقابل مبلغ كبير من المال والحلي الذهبية. وتسللت إلى محل القصَّاب في غياب العمَّال، وسرقت الساطور، وارتكب الصياد الجريمة التي استأجرته المطلقة من أجلها، وأرسل امرأة تقرأ البخت والخيرة لبيتها لتستدرجها إلى خارج منزلها، ثم ذبحها وتخلص من رأسها لكيلا يكتشف أحد شخصيتها، لكن المطلقة الغيور أصرت على أن تضع ساطور القصَّاب بجوار الجثة، حتى اكتُشف أمرها، حامت الشبهات حول مطلقها القصَّاب!

وهكذا أُحيلت المطلَّقة وصياد السمك إلى محكمة جنايات الكرخ بتهمة قتل الزوجة الثانية. أما القصَّاب؛ فقد نجا من حبل المشنقة. وأما ضابط التحقيق؛ فقد شعر بالرضى عن نفسه.

القاتل الذي خدع الشرطة

هذه جريمة من أصعب جرائم القتل التي واجهت الشرطة في مدينة الحلة.

قبل ساعات من القبض على القاتل، كاد اليأس يتسرب إلى نفوس فريق العمل المشرف على حل لغز هذه الجريمة. لم يترك الجاني أيَّ دليل يقود إليه؛ لا بصمات، لا شهود، ولا يوجد أي بصيص من النور يكشفه. المتهم شخص لم يتطرق إلى ذهن أحد أفراد رجال الشرطة. شخص عادي فوق مستوى الشبهات. سقوطه واعترافه كان مفاجأة مثيرة للجميع؛ لأنه خدع الشرطة حينما صوَّر لهم مشاهد زائفة لمسرح الجريمة، ولكن دماء القتيلة طاردت القاتل، ورفضت تمامًا أن يهرب القاتل وينجو بجريمته.

البداية في منزل متواضع في أحد أحياء مدينة الحلة. سارع جيران الحجية سعاد بإبلاغ دورية الشرطة القريبة منهم بانبعاث رائحة كريهة من منزل جارتهم الأرملة. أُخبرت الشرطة، وانتقلت بعدها إلى الدار

بعدما أخذت موافقة قاضي التحقيق بكسر أقفال الباب. وعندما دخلت الشرطة، وجدت بطانية ملفوفة في ركن من أركان الصالة. وعندما فتحها الشرطي، انبعثت منها رائحة جثة متعفنة. وداخل البطانية، كانت الجثة مذبوحة، مربوطة بحبل سميك، وموضوعة في شرشف السرير، وملفوفة ببطانية سميكة.

❋❋❋

انتقل إلى الحادث مدير الشرطة وشعبة الأدلة الجنائية والتصوير الجنائي، وعملوا معًا كفريق عمل متكامل؛ لحل لغز هذه الجريمة. تؤكد القاعدة الإجرامية أن تأخير زمن اكتشاف الجريمة يصب في مصلحة القاتل، الذي يكتسب مزيدًا من الثقة، وتضيع بعض آثار جريمته. وفعلًا كان هذا هدف القاتل المجهول. لم يترك المتهم وراءَه أي بصمة، ما يؤكد أنه ارتدى قفازًا في يدَيهِ في أثناء ارتكاب جريمته. كذلك مسح كل الدماء التي سالت من القتيلة؛ ليضلل رجال الشرطة، فلا يكتشفون موقع ارتكاب الجريمة؛ فهل قتلها في غرفة نومها، أم في الصالة، أم خارجها؟!

أكد ضابط التحقيق، ذو الخبرة الكبيرة في كشف جرائم القتل الغامضة، لمدير الشرطة بعد المعاينة أن القاتل شخص تعرفه القتيلة جيدًا؛ لأنه دخل بيتها بشكل طبيعي، فلا وجود لأي كسر لا على الأبواب أو الشبابيك! كما عثر ضابط التحقيق على صحن به فاكهة

124

على المنضدة وسط الهول، وبجواره بقايا قناني مياه غازية وعلبة سجائر ويقايا سجارتَينِ محترقتَينِ. كل هذه المؤشرات تؤكد أن القتيلة استضافت قاتلها، الذي اختلف معها لسبب مجهول، فقتلها وهرب!

أكدت أقوال الشهود والجيران أن الحجية سعاد تعيش بمفردها منذ سنوات، بعد وفاة زوجها الذي لم تُنجب منه، مفضلةً أن تعيش باقي حياتها في عزلة اختيارية عن الجميع. احتفظت سعاد في بيتها بكمية كبيرة من الحلي الذهبية، التي اشتراها لها زوجها الراحل عندما عمل في الكويت، وكم تباهت سعاد بهذه الحلي، وتعمدت أن ترتديها كلها في أثناء مناسبات أفراح الجيران أو المرات التي تغادر بها بيتها. وقد أكد الكشف على غرفة النوم والكنتور اختفاء هذه الحلي الذهبية بعد الجريمة، خاصة عندما ذكر أحد الشهود أنها كانت ترتدي بعضها في يدَيها، والآن اختفت الحلي الذهبية من يدَيها!

مثَّل الحادث الغموض بعينه؛ فلا أدلة، ولا شهود، ولا بصمات، ولا مشتبه فيهم.

وفي خطوة روتينية من الشرطة، استجوبت عشرات من الجيران نساءً ورجالًا من سكان الزقاق والأقارب ومعارف السيدة سعاد؛ لمعرفة المترددين عليها، وهل لها خلافات مع أحد؛ في محاولة للوصول لأي بصيص من الأمل للوصول إلى القاتل الخفي. واستمرت رحلة الاستجواب أيامًا وأسابيع دون أن تُسفر عن شيء. وانتهت كل الخيوط إلى نتيجة واحدة؛ وهي السراب. ولبرهة أحس ضابط التحقيق أنه

يبحث عن المجهول؛ فهذا القاتل نجح في إثبات مفهوم الجريمة الكاملة! تجاوز عدد الشهود عشرات، وقُبض على المشتبه بهم وأرباب السوابق ومعتادي السرقة. وبعد أسابيع أُطلق سراحهم بعد التأكد من أن القاتل ليس من بينهم. وأخيرًا أدرك ضباط التحقيق في المركز أن هذه القضية ستنضم إلى قضايا مقيدة ضد مجهول. ولكن مدير الشرطة أوعز إلى ضباط التحقيق بالبحث عن الأشخاص الذين يمرون بضائقة مالية، وتحسنت أحوالهم فجأةً بعد مصرع السيدة سعاد، وكان هذا الخيط هو مسك الختام في هذه القضية؛ فعلى بعد أمتار قليلة من منزل السيدة سعاد، يعيش عباس الموظف البسيط، المشهور بحسن الخلق. كان يتدخل لفض خلافات أهالي المنطقة، إنسان مستقيم يذهب إلى الجامع ليصلي مع أصدقائه في الحي، وكان صديق الجميع. لم يكن عباس مُطلقًا في مستوى الشبهات. والمثير أن أحواله المادية كانت متعثرة بسبب ديونه الكثيرة وأعبائه التي زادت نتيجة زواجه مرة أخرى بعد أن طلق زوجته الأولى!

وفجأةً بعد أيام من مصرع السيدة سعاد، تحسنت أحوال عباس؛ فسدد جميع ديونه، وأصبح ميسور الحال، واشترى سيارة صغيرة له، على الرغم من أنه لا يملك أي مورد إضافي سوى راتبه.

قرر ضابط التحقيق تخطي الثقة الشديدة في سلوك عباس، واستدعاه وفتَّش منزله، وكانت المفاجأة أن عثرت الشرطة على بقايا ذهب القتيلة داخل إحدى مجارير غرفة نومه. لم يصدق الضابط أن

عباسًا الذي كان مثال الأخلاق والسيرة والسلوك وحلال المشكلات هو نفسه القاتل الذي تجسد شخصية رجل البر والإحسان. وعند الضغط عليه، توالت اعترافاته المثيرة. وظهرت مشاعر الندم والحسرة والأسى كلها على وجهه. وأكد أنه حاول بشتى الطرق أن يضلل الشرطة، وأن يصنع مسرح جريمة يختلف تمامًا عن الواقع، ولكن دماء القتيلة صبَّتْ عليه لعناتها.

ماذا قال القاتل:

لم أكن قاتلًا أو مجرمًا، ولكن الظروف القاسية قادتني إلى هذه الجريمة. طلقتُ زوجتي الأولى، وتزوجتُ سيدة أخرى، وبدأتُ أعاني أزمة مالية خانقة، ولم أستطع الاقتراض من أي شخص، ففكرتُ في سرقة سيدة ثرية تعيش بمفردها، لم أجد سوى السيدة سعاد التي تسكن في الشارع المجاور لمنزلي. كانت تعيش بمفردها، ولا تستقبل أحد مطلقًا في بيتها، وتحتفظ بكمية كبيرة من الحلي الذهبية في بيتها. درستُ جيدًا مكان الجريمة، وعرفتُ تفاصيل حياة السيدة سعاد. وفي يوم الحادث، تسلقتُ سياج بيتها، وانتظرتُ الظلام، بعدها عالجتُ قفل الباب الخلفي الحديدي، وتسللتُ إلى الصالة، وقد تجاوزت الساعة الثانية صباحًا. قررتُ المبيت حتى صباح اليوم التالي. وفي حوالي السابعة صباحًا، استيقظتْ سعاد، وبدأت تنظف غرف الدار. تسللتُ من الصالة، وأتيتُ من خلفها حاملًا قطعة من الخشب، ضربتُها على رأسها ضربتَينِ، فسقطت على الأرض بعدما أطلقت

صرخة مكتومة! لم أكتفِ بهذا. كانت السيدة سعاد تعرفني جيدًا؛ بسبب شهرتي في المنطقة، فلما لمحتني وهي تسقط على الأرض، قررتُ أن أجهز عليها تمامًا، فأحضرتُ سكينًا من مطبخها، وذبحتُها، ولم أتركها إلا بعدما تأكدتُ أنها فارقت الحياة.

يواصل عباس اعترافاته: «أسرعتُ أجذبها إلى داخل الصالة، ومسحتُ كل آثار الدماء، وربطتُها بحبل سميك، بعدما وضعتُ الجثة في شرشف كبير، ثم غطَّيتُها ببطانية كبيرة، كنت أهدفُ من ذلك إلى تأخير اكتشاف الجريمة بقدر الإمكان، وانتزعتُ الذهب من يدَيها، ووضعتُ صحن الفاكهة على منضدة في مدخل الهول وبقايا سجائر محترقة. وبعدَ أيام من الحادث بعتُ الذهب، وتجاوزتُ أزمتي المالية».

أنهى المتهم اعترافاته، وبعد أن صدقت أقواله أصوليًّا، أُحيل إلى جنايات الحلة لينال عقابه على اقترافه هذه الجريمة البشعة بحق الحجية سعاد.

جثة وأربعة محابس

كان المشهد بشعًا، حتى في عينَي مدير الشرطة الذي اعتاد رؤية الجثث. لم يكن مشهد جثة الرجل العجوز صاحب الفندق، وقد مزقتها الطعنات، هو الذي أثار ضيق العقيد محمد مدير شرطة باب المعظم، لكن التمثيل بالجثة هو الذي ضايقه. تلقت جثة صاحب الفندق أكثر من طعنة على يد القاتل المجهول، لكن الأبشع حقًّا هو كثرة الطعنات. طعنة واحدة تكفي للقتل، لكن القاتل لم يكتفِ بها، بل سدَّدها في كل مكان في جسد القتيل، بلا رحمة ولا هوادة.. وكان يقتل رجلًا مات حقًّا!

***

رقدت جثة صاحب الفندق وسط بركة دماء فوق فِراشه في إحدى غرف الفندق في منطقة الحيدرخانة.

تلمع أضواء عدسات رجال التصوير الجنائي وهم يصورون مسرح

الجريمة. نعم لقد تضايق العقيد محمد من تمثيل القاتل بجثة القتيل، لكن أكثر ما ضايقه أن يدَي الجثة كانتا بلا أصابع؛ لقد قطع القاتل المجهول أصابع القتيل، وفيما بعد عرف العقيد محمد أن القتيل كان يرتدي خواتم ذهبية في أصابع يدَيهِ الاثنتَينِ، فهل السرقة هي دافع هذه الجريمة؟

****

تلقى مركز شرطة باب المعظم شكوى من سيدة متوسطة العمر؛ هي ابنة صاحب الفندق، قالت: إن والدها اعتاد المبيت في الفندق، وقد أخبرها أحد عُمَّال الفندق بأن والدها لم ينهض صباحًا ويفتح غرفته كالمعتاد. فأسرعت إلى الفندق الذي يعيش فيه والدها، وصرخت عندما كسرت باب غرفة والدها بمساعدة عمال الفندق، لتجده جثة هامدة، مُلقاة فوق الفراش الذي اصطبغ بدمائه.

وكما تعود العقيد محمد، فإنه لم يترك شبرًا في مسرح الحادث إلا مسحه بنظراته الحادة، التي تشبه كاميرا فوتوغرافية تلتقط كل شيء، ليقوم فيما بعد بتحليله واستخراج النتائج منه.

****

بُعثرت محتويات الغرفة، وتحولت إلى ما يشبه مسرح معركة؛ فالدماء في كل مكان، وهناك أجزاء من زجاجات خمور وبيرة فارغة محطمة هنا

وهناك. لاحظ العقيد محمد أن القاصة الموجودة بحجرة نوم صاحب الفندق عليها آثار عنف، لكن من الواضح أن اللص والقاتل المجهول لم يستطع فتحها، فاكتفى بقطع أصابع القتيل والاستيلاء على خواتمه الثمينة. وبهذا أكدت المعاينة للعقيد محمد أن الجريمة ارتُكبت بدافع السرقة، وعلى الرغم من ذلك، فإنه شعر بالحيرة بسبب عدد الطعنات التي تلقَّاها الرجل القتيل. كما أكدت نتيجة تشريح الجثة في الطب العدلي أن جثة صاحب الفندق لم تتلقَّ الطعنات فقط، بل ضربها القاتل المجهول بعصا غليظة مع استعمال زجاجات الخمر الفارغة على رأسه أيضًا. وعلى أثر ورود استمارة تشريح الجثة إلى مركز الشرطة، أحس العقيد محمد أن للجريمة دافعًا آخر فضلًا عن السرقة. وصدق حدسه؛ فهكذا أكدت عملية جمع المعلومات فيما بعد.

∗∗∗

في البداية سار ضابط التحقيق في طريق مسدود. لقد وضع احتمالًا بأن تكون الجريمة ارتكبت بدافع الثأر، أو لوجود خلافات بين صاحب الفندق وبين أحدهم، وتصور أن هذه النظرية سليمة. خاصَّة بعد أن أشارت التحريات إلى وجود خلافات بين صاحب الفندق وشقيقه الأصغر بسبب الميراث. لكن المعلومات عادت لتذكر بوضوح أن الشقيق الأصغر كان في وقت الحادث في مكان آخر يبعد مئات الكيلو مترات.. إذنْ فهو بريءٌ.

131

ظلّ العقيد محمد حائرًا طوال أيام الأسبوع، ولم تفارق صورة جثة صاحب الفندق عينَيهِ أبدًا. وفكر في شخصية الرجل القتيل.. أكدت المعلومات التي حصل عليها ثراءَهُ، لكنها ترسم له صورة أخرى مثيرة. لقد أحب الرجل الحياة حقًّا. وإذا ينتهي من عمله ظهرًا في الفندق، يعود إلى بيته ليعد لسهرة الليلة.. كان القتيل يحب المرح والسخرية، وكانت شخصيته قوية.

وجد العقيد محمد نفسه يسير مرّة ثانية إلى غرفة القتيل في الفندق، أراد أن يشاهد مسرح الحادث مرّة أخرى. قد أغلق رجال الشرطة الغرفة بعدما تركوا كل شيءٍ على حاله كما كان لحظة اكتشاف الجريمة، ولم ينقصها شيء سوى الجثة. دخل، ودار وتحرى داخل الغرفة، وفي النهاية انحنى على ركبتَيهِ يفحص الفراغ البسيط الواقع بين الفراش والحائط. وعندما نهض، كان بين أطراف أصابعه قصاصة صغيرة، قطعة ممزقة من إجازة سوق سيارة. أمسكها العقيد سعيدًا، وهمس لنفسه: «هذه سر الجريمة»، وعلى طرف القصاصة كان أثر بصمة أصبع ملوثة بالدماء.

لم ينم العقيد محمد هذه الليلة، حتى أخبره رجال التسجيل الجنائي بنتيجة فحص بصمة الدماء الموجودة على قصاصة إجازة السوق، وكانت المفاجأة أنها تخص نشّالًا سابقًا، أمضى فترة عقوبة بسيطة في السجن، ثم أُطلق سراحه. لكنَّ المعلومات الأكثر إثارةً أشارت إلى أن النشال لم يمارس عملية السرقة بعد خروجه من السجن، بل عمل عاملًا في محل قريب للفندق، وأنه تعرّف إلى القتيل، وتردد عليه، ولازمه

في سهراته، ثم اختفى تمامًا بعد اكتشاف حادث القتل.

هكذا انحصرت دائرة البحث، وضاقت الحلقات حول النشال السابق، وبقي أن يُعثر عليه؛ لِيُحَل لغز مقتل صاحب الفندق نهائيًّا.

أكدت معلومات الشرطة المحلية أن النشَّال السابق ليس له سكن محدد، وأنه دائم التجوال، وغالبًا ما ينام في إحدى الدور في منطقة الميدان أو منطقة الحيدرخانة، وأحيانًا يسافر إلى البصرة لزيارة بعض أقربائه. لكن الحلقة الضيقة اتسعت، فكيف يمكن العثور على شخص واحد في العاصمة التي تزدحم بأكثر من خمسة ملايين نسمة، أو حتى في البصرة إذا هرب إليها وسُكَّانها يزيدون على مليونَي نسمة!

لكن رجال الشرطة لا يتولاهم اليأس أبدًا.. حتى ظهرت معلومة كانت نهاية القاتل الهارب. تلقى العقيد محمد برقية من شرطة البصرة تقول: إن عاطلَينِ عن العمل شُوهدا وهما يعرضان بعض الخواتم الذهبية للبيع على بعض محال الصاغة في السوق الكبير هناك، وزعما أنهما يبيعان الخواتم الذهبية لشخص قريب نزل ضيفًا عليهما، وأنهما يعيشان حاليًا في زورق نهري في شط العرب. وقد اتضح أن أوصاف الخواتم المعروضة للبيع تطابق أوصاف الخواتم الذهبية التي قطع القاتل أصابع القتيل ليسرقها.

خلال ساعة، انطلق العقيد محمد مع مفرزة من الشرطة المحلية إلى محافظة البصرة. وعندما وصلوا إلى البصرة، التقوا مدير مكافحة إجرام

البصرة الذي انتظره عند مدخل المدينة، ثم توجهوا فورًا إلى الميناء، ثم إلى سطح الزورق المهجور.. وكانت المفاجأة أنه وجد النشّال نائمًا. وما إن أيقظه رجال الشرطة، حتى بكى وانهار واعترف بجريمته كاملة.

قال: «كان لا بدّ أن يموت، بعدما حولني إلى قرد للتسلية!»، وقال في اعترافاته: «لقد تعرف إليَّ صاحب الفندق، وطلب مني أن أؤدي له بعض الخدمات الخاصة، مقابل أن يصرف عليَّ ويطعمني. لكنه لم يقنع بتحويلي إلى خادم، بل كان يستدعيني إلى غرفته في سهراته ليسمع مني النكات وأثير جوًّا من المرح. ولم يكتفِ صاحب الفندق بذلك، بل بعد أن ينتهي من الشرب يعتدي عليَّ جنسيًّا ويلوط بي. وبمرور الوقت كنتُ أكظم غيظي في نفسي، وتموج أعماقي بالغضب والحقد على الرجل الذي حولني إلى قرد يسليه ويؤنس وحدته ويملأ سهراته بالمرح».

وفي ليلة الحادث، صعد (المهرج) إلى غرفة الرجل مبكرًا، وقبل أن تبدأ السهرة، دخل غرفة نومه، فوجده لا يزال نائمًا، وفجأة استيقظت الثورةُ في قلب النشّال، وتجمعت كل مشاعر غضبه وذله وحقده، ووجد نفسه يمسك سكينًا يطعن بها صاحب الفندق النائم، ولم تقتله الطعنة، لكنها جرحته وأيقظته، لكن النشال لم يمهله، وظل يوجه إليه الطعنات، حتى فارق الحياة. وعلى الرغم من ذلك لم يتوقف، وضرب رأسه بزجاجات الخمر الفارغة، صارخًا: «لا بد أن تموت».

وعندما أفاق ونظر إلى جريمته، لم يكتفِ بأن روى غليله من سيده،

وحاول أن يسرق محتويات القاصة. لكنه فشل في فتحها، ورأى أمامه الجثة الهامدة، فغمد سكينه ليمزق أصابع صاحبها، واستولى على الخواتم الذهبية بعد أن بهره بريقها. هكذا ارتكب النشال جريمته، وهكذا سار إلى حبل المشنقة.

من أجل حفنة مخدرات

في الوقت الذي يستعد فيه الأبناء لتقديم الهدايا لأمهاتهم بمناسبة عيد الأم؛ عرفانًا بفضلها وتكريمًا لها، أعد الابن العاق لأُمه التي تجاوزت الستين مفاجأة خاصة.

وقف ابن الثلاثين أمام المرآة طويلًا، يدقق النظر في ملامح وجهه الذابلة، غير مصدق. فمقارنةً بصورةٍ له معلقة على الجدران الْتُقطت في مدينة الألعاب منذ سنة، هناك فرق كبير بين الصورة والحقيقة. والسبب؟ سهرات الشيطان كل ليلة التي يستسلم فيها لدوامة الكبسلة في جلسات مع أصدقاء السوء.. كان دائمًا تائهًا فيها وسط حركاتهم الهستيرية وجنونهم الذي لا ينتهي. انحدرت دموعه غزيرة وهو يتأمل ملامحه التي تشي أن الشيخوخة ستعرف طريقها إليه مبكرًا.

مر شريط الذكريات أمام عينَيهِ إلى تلك الأيام التي تبدأ وتنتهي بدعوات والدَيهِ بالستر والصحة والعافية، فقد حمل عبء أُسرة عن أب تجاوز السبعين، ولم تعد صحته تساعده على تحمل واجبات الأبوة

بعدما أُصيب بشلل. تذكر بداية النهاية في تلك الليلة التي فتح فيها ذراعَيهِ للشيطان الذي دق بابه بإصرار، عَبْرَ صديق سوء دعاه إلى سهرة خاصة يتنفسان فيها لحظات سعادة تتوق إليها الأنفاس. هذه أول مرة يتناول الحبة البيضاء المخدرة، تبعها بأخرى تحت إلحاح الصديق، ثم تكررت السهرات، وانتقل الأمر من حبوب بيضاء إلى حبوب وأقراص ملونة. واستسلم لهذا العالم الجديد، فنسى نفسه ومسؤولياته وأُسرته.

صار كل همه البحث عن لحظات سعادة موهومة، ألقت تلك السهرات ظلالها على الأُسرة البسيطة، ولم تعد الدنانير التي يربحها في بيع الملابس القديمة تكفي مطالب أُسرته، التي فضل عليها مطالب سهراته، واعتاد أن يجيب على أي مطلب بكلمات مهتزة ولسان أعوج. أخذته السهرات بعيدًا، إلى أن أدار ظهره لأهله، وكثرت أيام غيابه ولياليه عن منزله ليعود إليه متهالكًا باحثًا عن الراحة استعدادًا لسهرة جديدة. لم تعد أذناه تسمع سوى همسات الشيطان وهو يلح عليه أّلا يتأخر عن أوكار الفساد، منفقًا فيها كل دخله على ما أدمن من السموم التي تنوعت بين أزرق وأبيض وكرستال.

في يوم أقعده الإجهاد، فاستسلم لنوم عميق، ثم استيقظ منه، ولم يستطع مغادرة سريره. استسلم للكسل وللا مبالاة. ترك عمله. أصبح عاطلًا بلا عمل. ألقى حمله الثقيل على أمه المسكينة، يطلب منها ما يستطيع أن يشتري به تلك الحبوب. تطاول الابن على أمه العجوز أمام أبنائها الصغار لتدبير ما يريده. امتدت يده إلى أمه بالضرب ولسانه

بالتوعد لها بالويل والثبور إذا لم تدبر له ما يريد. ابتلعت الأم المسكينة غصتها في قلبها. خرجت مضطرة وهي عجوز تبحث عن عمل لها، أي عمل حتى ولو خادمة، على الرغم من أنها لا تملك الصحة التي تساعدها على مواجهة أي مشقة. تعاطف الناس مع الأم العجوز ورحموا شيخوختها ورقت قلوبهم، وامتدت إليها يد الصدقة بما يكفي قُوت أُسرتها الضروري.

ظل الابن العاق في غيبوبته السوداء مستسلمًا للفراش، لا يفيق إلا على موعد جلسات الإدمان التي يدبر نفقاتها من أمه المسكينة. استمرت الأيام على وتيرة واحدة، كلها سواء، الإدمان وملامح الفقر التي تأكل جسم الأسرة الواهي.

في جلسة من جلسات تناول الحبوب المخدرة، برز صديق له يربت على كتفه مطمئنًا على أنه قادر أن يوفر له ما يريد، شريطة أن يسرق معه بعض الدكاكين القريبة من محلته. وبدأ طريق السرقة، وتحول بعدها إلى سرقة قناني الغاز من الدور والمساكن، فتبدلت أحواله المالية، ولكن انعدم في الوقت نفْسه إحساسه بذاته وأُسرته.

في إحدى المرات لم ينتبه أنه تحت مراقبة الشرطة، فألقت الشرطة القبض عليه متلبسًا بجريمة السرقة، ثم حُوكم، وسُجن سنوات. اعتقدت الأُسرة أن السماء أرسلت هذا الإنذار كي يرتدع ويبتعد عن أصدقاء السوء. انتهت مدة العقوبة، فخرج إلى الحرية. استقبلته الأُسرة ناسيةً كل ما فعله بها. وفي أول حفلة أقامتها شلته القديمة احتفالًا

بخروجه من السجن، لم تستطيع أيام الحبس الباردة أن تؤثر فيه، وتشبع من المخدر، كأنه ظمآن إلى حياة ترويه. فلا يجد الإناء إلّا مالحًا، كلما شرب منه، احتاج إلى أكثر.

استمرت ليالي الأنس في إدمان الحبوب والمشروب تسحب أيامه. نفدت دنانيره القليلة التي أعطاه إياها أصدقاء السوء. ألقى حباله على الأم المسكينة مرة أخرى. أفهمته أنها لا تجد ما يكفي أُسرتها البسيطة، كشر عن أنيابه.

وذات ليلة نهر الأم. علا صوته أمامها. اعتذرت في صوت واهن هزه المرض. ولم يشفع لديه ردها المنكسر. بحث في كل مكان عن أي نقود. قلب البيت رأسًا على عقب. رمقته نظرات الأب المشلول الذي أقعدته الذبحة الدماغية. وتوسلت إليه الأُم التي اقتربت منه تُقبل يده لعله يرحمهما! سحب يده من بين كفَّي أمه بقوة. رفعها بيده الأخرى لتسقط أرضًا. لم يهتز فيه أي عرق شبع من تلك الأم طفلًا. لمح في صدر الأم سلسلة ذهبية بسيطة، هي كل ما تبقى لها. امتدت يده الغادرة لتنتزع السلسلة من الصدر عنوة. رجته أمه، واستحلفته بكل غالٍ أن يتركها؛ فهي تدخرها ثمنًا لكفن والده. فلم يُبالِ أمام توسلات الأم، ولا يزال يجذب ويجذب، حتى انقطعت السلسلة بين أصابعه، تاركة أثرًا من دماء في رقبة العجوز، أمسكته لعلها تنقذ ما يمكن إنقاذه. دفعها مرة أخرى. تشبثت بطرف قميصه. جذبها مرة ومرة. ولم تفلت اليد الواهنة طرف القميص. تلفت باحثًا عما يستطيع به أن يفلت بما حصل عليه،

فلم يجد أمامه إلَّا حجرًا. وبقوة الغدر حمله، وانهال بالحجر على رأس الأم، لتنفجر نافورة من الدماء الطاهرة. استمر في الضرب حتى لانت يد الأم تاركة إياه؛ لقد أنقذها ملك الموت مما هي فيه، وتركها جثة تشكو إلى السماء غدر الابن، وانطلق هو إلى الخارج هاربًا.

أُخبرت الشرطةُ بذلك. فأسرعت إلى محل الحادث، وبدأت تجمع المعلومات عنه وعن تواجده وأصدقائه. وما هي إلا أيام قليلة، حتى قُبض عليه من قِبَلِ شرطة الرافدين وهو في جلسة من جلسات الإدمان مع أصدقاء السوء. وحين وُوجِه بالحقائق والأدلة، انهار واعترف. فامتدت أيدي الشرطة تضع الأصفاد الحديدية حول المعصم الذي يُشبه خرقةً بالية. انفتحت أبواب الموقف لتستقبل نموذجًا من نماذج الغدر. ووُجهت للابن العاق تهمة القتل العمد مع سبق الإصرار والترصد.

في ليالي السجن الباردة، مر شريط الذكريات أمام عينَيهِ وهو ينتظر تنفيذ حكم الإعدام، وسمع من بعيد قول الحق: «وَوَصَّيْنَا الْإِنْسَانَ بِوَالِدَيْهِ حَمَلَتْهُ أُمُّهُ وَهْنًا عَلَى وَهْنٍ».

امرأةٌ أضاعَها زوجُها

اتفق الثلاثة، زوجان وشريكهما، على قتل مواطن مصري يعيش بمفرده في شقته بحي الصالحية. اقتحم أحدهم الشقة، ثم فتح لشريكَيهِ باب الشقة، ودخلوا إلى غرفة النوم. غطَّ المجني عليه في نوم عميق، وبلا تردد هجموا عليه، وخنقوه حتى أسلم الروح.

لكن المفاجأة المذهلة التي فجرها تقرير الطب العدلي عند تشريح الجثة أن المجني عليه تناول جرعة من المخدرات زائدة، وأشرف على الموت. لكن القدر اختار له أن يموت بيد قاتليه قبل أن يموت بسُمِّ المخدرات.

جريمة مثيرة دارت أحداثها في حي الصالحية، والتفاصيل فيها أكثر إثارة..

البداية أخبار تلقتها شرطة الصالحية بوجود شخص ميت داخل شقته في مجمع الصالحية المقابل لمحافظة بغداد. يقيم المجني عليه منذ فترة طويلة بالشقة مع زوجته العراقية. وعند الكشف على الجثة، لاحظ

ضابط التحقيق وجود شد عضلي على رقبة المتوفى، وسجحات مختلفة على وجهه. فأرسل الجثة إلى الطب العدلي، وطلب من الطبيب معرفة أسباب الوفاة. بعدها تفرغت مفرزة من المعاونية لكشف ملابسات الجريمة وجمع المعلومات عن شخصية المتوفى من الجيران وأصحاب المحلات المجاورة للعمارة. وتوالت المعلومات إلى المحقق؛ فالمجني عليه مواطن مصري الجنسية، يعيش مع زوجته العراقية منذ فترة طويلة، ويعمل في مجال السياحة. حدثت مشاجرة مع زوجته منذ فترة قصيرة، فتركت بيت الزوجية، وتوجهت إلى أهلها غاضبة منذ أسبوع فقط. وحامت الشبهات حول الزوجة، ولكن سرعان ما تبددت هذه الشكوك بعد أن علم المحقق أن الزوجة لا تعلم إطلاقًا أن زوجها مات مقتولًا، خاصة بعدما قالت الزوجة: «إن هناك مبلغ خمسة ملايين يحتفظ بها زوجها معها منذ أيام». هنا تأكد للمحقق أن الهدف من جريمة القتل هو السرقة.

ومن خلال جمع المعلومات من المترددين على الشقة والعمارة، تبين أن المجني عليه تقابل مع شخص يمتلك محلًّا لبيع الأقراص والأفلام والأغاني في المنطقة نفْسها، ولم يدخل العمارة بعده أي شخص آخر. فحامت الشبهات حول صاحب المحل. وبعد استدعائه للمركز، أنكر صلته بالمجني عليه رمزي، ومن خلال مواجهته بالشهود الذين شاهدوه وهو يدخل العمارة، انهار واعترف أمام المحقق بأنه اشترك مع صديقه وزوجته في قتل المواطن المصري والشروع في سرقته بعد أن تعرف

إليه، وعلم منه أنه يملك أموالًا، وتمتلئ شقته بالتحف الفنية القيمة والأجهزة الكهربائية.

لكن المفاجأة الكبرى كانت حينما وصل تقرير الطب العدلي، الذي وجد أن المجني عليه كان على أعتاب الموت، ولكن الجناة خنقوه قبل أن يموت متأثرًا بجرعة المخدرات الزائدة، وأن المجني عليه كان في غيبوبة وقت ارتكاب الجريمة، وأن الجناة خنقوه وهم يظنونه نائمًا!

قُبض على مزاحم وزوجته دلال، وتقرر توقيفهم على ذمة التحقيق.

كان أمام قاضي التحقيق إقرار بأن يُعاقب المتهمين على جريمة السرقة لا القتل. لكنه القدر الذي يطارد الأشرار؛ فقد ظن المجرمون أن المجني عليه نائم ولا يدري بهم، فقتلوه وسرقوا محتويات الشقة، ولاذوا بالفرار هربًا.

❋❋❋

التقيت المجرمين الثلاثة. ارتسم الوجوم والندم على وجوههم جميعًا. حاولت المتهمة دلال إخفاء وجهها، وبعد لحظات انتابتها حالة من الصراخ، فقالت والدموع تملأ عينَيها: «أول مرة أرتكب فيها جريمة. لم أفكر لحظة واحدة في أن أكون يومًا مجرمة، لكن زوجي هو السبب؛ فقد ظل يطاردني ويعذبني ويطردني من البيت حتى أرضخ لطلباته وأرافقه في السرقة. يمتلك محلًّا لبيع الأدوات الصحية في العلاوي. تزوجته، وسكنت مع أهله، وأنجبنا ثلاثة أطفال، ثم اتجه إلى

145

الشرب ولعب القمار. خسر فلوسه على الشرب، وأغلق المحل، وأصبح بلا عمل. نزلت أنا للعمل خادمةً في البيوت والشقق. أعمل وأعطيه الفلوس كلها. أربع سنوات كاملة، حتى ساءت صحتي. داهمني المرض. تعرف زوجي إلى صاحب محل الأفلام في مجمع الصالحية، وتردد عليه، جمعتهم جلسات الشرب اليومية، حتى تحولت إلى الكبسلة وشرب المخدرات. فكرت في الطلاق منه، ولكن أين سأذهب وأولادي كبروا؟! رجعت للعمل في البيوت، وذات يوم وبعد عودتي من العمل منهكة، وجدته كعادته جالسًا مع صديقه يتعاطيان الشرب.

طلب مني الجلوس؛ فرفضتُ لأنني متعبة، فضربني وأجبرني على الجلوس. جلستُ واستمعتُ إلى حديثه، لأكتشف أنه قرر هو وصديقه أن يستغلاني في السرقة معهما بسبب عملي في المنازل. رفضتُ، وتركتهما وحدهما، ودخلتُ إلى غرفتي، وأغلقتُ الباب. مرت ليلة، وفي الصباح توجهتُ إلى عملي، وعندما عدتُ مساءً، وجدتُ السيناريو نفْسه يتكرر أمامي. رفضتُ في المرة الثانية، ولكن في الثالثة وأمام تهديد زوجي لي، وافقتُ؛ فلم أستطع تحمل الضرب والتهديد بالطلاق. جلسنا نحن الثلاثة نفكر وندبر للجريمة. كان دوري فقط فتح باب الشقة وإرشادهم إلى مكان الذهب والفلوس.

مرت أول جريمة على خير، واكتشفت صاحبة الشقة، وهي امرأة مسنة، الجريمة، وأبلغت الشرطة، ولكن الشرطة لم تهتم بالشكوى. ثم فُوجئتُ بهما في المرة الثانية يطمعان في اختيار مكان آخر للسرقة، كان

هذه المرة شقة رجل ثري، وافقتُ وتوجهتُ معهما إلى شقة الثري، وتكرر السيناريو نفْسه، ثم سرقت الشقة، ولم تثبت علينا التهمة، وأفرجت عني الشرطة. ثم جاء صديق زوجي في المساء، وجلس مع زوجي، واستدعاني للجلوس معهما، وقال: إن هناك عملية أخيرة ستجعلنا أثرياء.. الضحية رجل ثري عربي، سيجمع معلومات عنه، ويُخبرنا بموعد تنفيذ العملية. بعد يومَينِ جاء صديق زوجي وأخبرنا بأن زوجة الضحية زعلانة مع زوجها، وتركت الشقة، وهو يعيش وحده، وتمكَّن صديق زوجي من التردد عليه بعد أن أعطاه أفلامًا جنسية لمشاهدتها.

رسمنا الخطة بإحكام شديد. في التاسعة مساء خلا الشارع من الناس. توجه صديق زوجي إلى الشقة. دق الجرس، وفي الوقت نفْسه ينتظر زوجي في الممر، وأقف أنا أسفل العمارة أراقب الطريق. ثم تُنفذ الخطة. ولكن حدث تعديل بسيط، دخل زوجي، فوجد الرجل شبه نائم. فتح باب الشقة لزوجي مترنحًا من شدة السُّكر، فنزل بعدها زوجي يستدعيني للصعود، ثم توجه هو وصديقة إلى غرفة النوم، وخنقا الرجل، وسرقا النقود التي كانت بالكنتور مع أجهزة كهربائية وموبايلات، وهربنا معتقدين أنها مثل كل مرة.. سنفلتُ من الشرطة! بعد أيام قُبض عليَّ، ولكنني شعرتُ أنها النهاية، وكانت المصيبة أعظم عندما علمت أن الرجل مدمن على المخدرات، وقد تناول جرعة زائدة، وكان على أعتاب الموت. لولا غباء زوجي وصديقه الذي خنقاه ليموت مقتولًا بدلًا من وفاته متأثرًا بجرعة المخدرات الزائدة».

حرامي اختصاصه سائقو سيارات الأجرة

غادر علي، سائق التاكسي، منزله ساخطًا على الدنيا متبرمًا من الحياة، التي جعلته يعيش في هذه الدوامة من الإرهاق والضيق والمشكلات المستمرة من كل ناحية، وانطلق بسيارة الأجرة التي اشتراها بعد أن باع ذهب زوجته وأشياء أخرى من البيت. انطلق وهو يرى الشوارع الواسعة تضيق أمام ناظرَيهِ، حتى صارت مسدودة، وأطبقت نهايتها على أعاصبه، فزادتها تحطيمًا! كان صوت زوجته ليلى الصارخ لا يزال يدوي في أُذنَيهِ:

- إلى متى يا علي واحنا نعيش على هذا الحال؟!

- لماذا؟ وكل شيء موجود عندنا، والسيارة أجيب مصروف البيت.

- لقد قلبتَ حياتي بشرائك هذه السيارة.. حيث أظل قلقة عليك حينما تخرج وحتى تعود في نهاية النهار مرهقًا، وتنام بعدها طوال الليل. لماذا لا تعثر على وظيفة مثل كل الناس، حتى نعيش حياتنا

مثل سائر البشر؟!

- أنتِ هواية بطرانة. ليش أكو شغل في هذه الأيام؟ وماكو شغل أحسن من سياقة التاكسي وأنت تعرفين ذلك.. والأجرة ارتفعت أضعاف عن قبل!

- وما ذنبي أن أعيش بين أربع حيطان.. أصحو طوال الليل وانت غافي ماتحس بي!

***

«تاكسي.. تاكسي..»، أفاق عليّ من شروده على صوت شاب يناديه. نظر في المرآة الجانبية، فوجد الشاب واقفًا مع اثنَينِ من أصدقائه، فأوقف السيارة، وركب الشاب إلى جواره، بينما ركب الاثنان الآخران في المقعد الخلفي. وطلب منه الشاب أن يتجه إلى منطقة المسبح. رمقه عليٌّ خلسةً، فوجده يرتدي ثيابًا أنيقة تدل على الثراء والبحبوحة، وكان وجهه منبسط الأسارير، كأنه وُلد لا يشكو شيئًا في هذه الحياة الصعبة. همس علي لنفْسه في حسد: «وهذا واحد وفي فمه ملعقة من ذهب.. لعله لا يعرف شيئًا عن شقاء وتعب سواق الأُجرة؛ خاصة إذا كان له زوجة مزعجة مثل زوجتي». وأفاق علي من حواره الداخلي على صوت الشاب الوسيم يسأله:

- يبدو عليك الهم.. الدنيا متسوه شيء!

رد مقتضبًا: «لا ماكو شي».

قال الشاب مبتسمًا: «لا تحاول أن تخفي ما هو واضح كالشمس.. إن وجهك تحول إلى هم كبير، حتى الذي يشاهدك الآن لا بدّ أن يتساءل هل تعرف أن هناك شيئًا في الحياة اسمه الضحك والفرفشة؟».

رد علي: «بل كانت حياتي في بدايتها ضحكة متصلة.. لولا أن الأيام الحلوة لا تدوم!».

ربت الشاب على كتف علي قائلًا: «ماذا بك؟ قل لي ماذا تشكو؟ تكلم وأرِحْ نفْسك من هذه الهموم». ووجد علي نفسه يروي للشاب وزميلَيهِ حكايته مع السيارة ومشكلاته مع زوجته، وعندما انتهى، زادت ابتسامة الشاب اتساعًا، وقال له:

– أخي، لا يهمك.. مشكلتك لها عندي حل.

سأله علي ملهوفًا: «كيف؟».

قال الشاب: «إن خالي اشترى عمارة مؤخرًا، وهو يبحث عن حارس أمين لها وسائق مخلص. ولن أجد أفضل منك. وهكذا سيمكنك أن تقود سيارته الجديدة في أوقات محددة، وتعمل معه في المكتب صباحًا فقط، وتنتهي مشكلاتك مع زوجتك».

نظر علي إلى الشاب غير مصدق، ثم قال: «لو حدث ذلك، لكان أفضلَ شيء في حياتي».

سيحدث غدًا إن شاء الله.

إذنْ لا بدّ أن أودع عملي بحفلة، ودعوة على الغداء أدعوك إليها.

موافق.. شرط أن تكون الحفلة على حسابي.

وقبل أن يعترض علي، طلب منه الشاب، الذي قال إن اسمه مدحت، أن يتوقف بسيارته أمام إحدى الأسواق، وغاب داخلها دقائق، ثم عاد بعدها حاملًا قواطي البيرة وبعض المقبلات وأكوابًا بلاستيكية. وطلب من السائق أن يذهب معه ومع صديقَيهِ إلى منطقة جسر الجادرية، حيث اختاروا بقعة تحت الجسر مطلة على شاطئ دجلة. تناولوا البيرة والمكسرات، وانطلقت ضحكاتهم تجلجل مع أصوات موسيقى جهاز التسجيل، لكن فجأةً شعر علي بثقلٍ في رأسه، ورغبة عنيفة في النوم. حاول أن يقاومها، لكنه لم يستطع، وأخذ يسقط تدريجيًّا في بحر النوم الثقيل، وأصوات الضحكات تتضاءل وتخبو، حتى استسلم في النهاية لسلطان النوم اللذيذ، وليته ما نام!

أفاق علي من غيبوبته صباح اليوم التالي، ليجد نفسه ملقى على فراش في إحدى المستشفيات. أدار بصره مذعورًا حوله، ووجد وجوهًا غريبة تلتف حول فراشه.

تساءل في ضعف: «أين أنا؟ وماذا جاء بي إلى هنا؟»، وقبل أن يرد أحد، صرخ ملتاعًا: «السيارة.. أين السيارة؟!».

ربت أحد الواقفين بجوار الفراش على كتفه، وقال له محاولًا أن يهدِّئ روعه:

- حاول أن تتماسك. أنا النقيب ضابط مركز الجادرية. لقد تعرضتَ

لحادث سرقة، وعثرتْ عليك دوريةُ النجدة مُلقى في سيارة الأجرة بجوار جسر الجادرية فاقدًا الوعي. لقد ترك الحرامية سيارتك، لكن بعدما سرقوا نقودك وجهاز الموبايل.

أظلمت الدنيا في عينَي علي، وهو يتخيل موقف زوجته عندما تعلم الأمر.

***

في مديرية الأدلة الجنائية، قال الضابط للسائق علي: «انظر في هذه الصور.. إنهم بعض اللصوص؛ لعلك تتعرف على أحدهم». دقق عليٌّ في الصور التي أعطاه إياها الضابط، ثم هز رأسه يائسًا، ولم يتعرف على أحد منهم في الصور.

قال له الضابط بعد ذلك: «لا تقلقْ.. أنت لستَ الضحية الأولى لعصابة الشاب الوسيم؛ بل أنت الضحية العاشرة. عليك أن تتذكر بهدوء أوصاف الشاب الوسيم وأوصاف زميلَيهِ». وعندما بدأ علي يردد أوصاف العصابة، وقف رجل شرطة بجوار الضابط يرسم على ورقة بيضاء وجوهًا تحمل الأوصاف التي يذكرها علي، الذي فغر فاهُ دهشةً في النهاية، عندما نظر إلى الرسوم التي رسمها رسام محترف في مديرية الأدلة الجنائية، وجاءت مطابقة تمامًا للأوصاف التي ذكرها.

وقبل أن ينصرف علي، قال له الضابطُ: «ثقْ أننا سنعثر على العصابة آجلًا أو عاجلًا».

هل كانت ثقة الضابط بنفْسه زائدة عن الحد؟

الحقيقة أن فريق العمل الذي كُلف بتتبع خطوات عصابة الشاب الوسيم، ظل يدور في حلقة مفرغة؛ فقد أثبتت التحليلات كلها أن كل الذين تعرضوا لهذه العصابة شربوا بيرة مخلوطة بمخدر صناعي، يُباع في الصيدليات وعلى الأرصفة، ولذا ظلت هذه العصابة سرًّا من الأسرار، حتى التحق بالمركز ضابط حديث التخرج. كانت مهمته متابعة نزلاء الفنادق الرخيصة في المناطق الشعبية من بغداد، غالبًا ما يلجأ إليها المشبوهون وأمثالهم. وفي ظلمة اليأس، ظهر بعض الأمل.

يروي لي اللواء المرحوم محسن عبد السادة نهاية القصة:

التقى الضابط الحديث يومًا كاتب أحد الفنادق في منطقة الكاظمية، وقال الكاتب العجوز للضابط: عمري من عمر هذا الفندق، لا مكان لي سواه. فيه أعمل وآكل وأنام. ومتعتي الوحيدة في الحديث مع زبائن الفندق؛ فهم نماذج متباينة من البشر، ووراء كل منهم قصة تسليني وتجعلني لا أحس بالملل. وحدث أن أحد النزلاء وهو شاب وسيم قد اعتاد أن أحجز له غرفة معينة في الفندق؛ سواء كان حاضرًا أم غائبًا. لكن للضرورة أحكام؛ فقد طالت غيبته واعتقدتُ أنه لن يحضر مرة أخرى، فأعطيتُ غرفته لنزيل جديد. لكن المفاجأة أنه حضر، وعندما وجد غرفته مشغولة، ثار ثورة عارمة. وهدأتُ روعه، وعرضتُ عليه غرفة أخرى، لكنه رفض، وبعد إلحاح من جانبي، وافق على أن يشغل الغرفة الثانية بصفة مؤقتة، حتى تخلو غرفته المفضلة.

وأكمل الكاتب العجوز روايته: وانصرف الشاب الوسيم، ثم عاد في الثانية بعد منتصف الليل، وجلس معي كعادته يقص عليَّ طرفًا من حكاياته المسلية التي لا تنتهي. وفي أثناء الحديث غافلني ووضع لي منومًا في الشاي. وعندما استيقظتُ من نومي، اكتشفتُ أنه سرق النقود والأمانات التي كانت في قاصة الفندق، فصرختُ وعلا صراخي، فجاء صاحب الفندق والعمال، وقررنا الصعود إلى غرفته؛ على أمل العثور على شيءٍ يقودنا إلى شخصيته.

✻✻✻

المفاجأة أننا وجدناه نائمًا يغط في نوم عميق. فأيقظه صاحب الفندق، وفتش العمال غرفته، فلم يعثروا على المبلغ المسروق. وهاج الشاب الوسيم، واتهمني بافتعال الحادث لأُخفي اختلاسي المبلغ. ثم نجح في غرس الشك في قلب صاحب الفندق، ولأُزيل هذا الشك، اصطحبتُه إلى غرفتي وفتحتُ له دولاب ملابسي، وكاد أن يُغمى عليَّ عندما وجدتُ المبلغ المسروق مُلقى في دولاب ملابسي. وهكذا أوقعني الشاب الوسيم في مقلب كاد أن يفقدني عملي الوحيد الذي لا أجيد سواه!

سأله الضابط: «وماذا عن الشاب الوسيم؟». قال الكاتب العجوز: «لم يحضر مرة أخرى أبدًا إلى الفندق».

– ألا تعرف أي معلومات يمكن أن تقودني للعثور عليه؟

155

مؤكد أن اسمه غير حقيقي، لكنني شاهدتُهُ يحضر للفندق ذات مرة مع شخص ضخم الجثة مفتول العضلات، وعرفتُ منه أنه رياضي سابق وبطل في رفع الأثقال، وهو يدير مركز التدريب الرياضي في الكاظمية.

ذهب الملازم والكاتب العجوز إلى المركز الرياضي، ودخلاه، وشاهدا مجموعة من الشباب في صالة المركز الرياضي؛ بعضهم يحمل أثقالًا، وبعضهم الآخر يؤدي التمرينات الرياضية. وشاهدا صاحب الصالة مفتول العضلات يتجول بين الشباب ويصدر تعليماته وتوجيهاته، فتقدم منه الضابط وسأله عن الشاب الوسيم الذي كان يقيم في الفندق، فأنكر صاحب الصالة معرفته به. لكن الضابط ضغط عليه، وأخبره أن لديه شاهدًا يؤكد أنه حضر للفندق ذات يوم مع الشاب الوسيم، فانهار صاحب الصالة الرياضية، واعترف أنه فعلًا يعرف الشاب الوسيم، وقد تعرف إليه في أثناء تردده على صالة الألعاب، لكنه لا يعرف شيئًا عن حقيقة عمله، ولا يعرف سوى أن هذا الشاب يحيط نفسه بهالة من الغموض، ولا يجرؤ أحد على الاقتراب منها، وأنه يسكن في شقة في حي الحرية.

لم ينتهِ اليوم حتى جمع الضابط كافة المعلومات المطلوبة عن شخصية هذا الشاب الغامضة. اسمة الحقيقي مدحت، يتيم تُوُفِّي والده وهو طفل، وكفلته أخته التي لم تكن حسنة السلوك، وترعرع الطفل مدحت في كنف أخته التي لا تعرف الحلال. هرب من المدرسة،

وانطلق إلى الشارع، فتلقفه الأشقياء والمنحرفون أخلاقيًّا، وزينوا له طريق الجريمة. أحب مدحت القراءة وخاصة القصص البوليسية، ومن خلالها أُعجب بشخصية اللص الظريف آرسين لوبين الذي يضع منومًا في شراب مَن يريد سرقتهم؛ ليرتكب جريمته بهدوء. هكذا فكر مدحت في استخدام الحبوب المخدرة للإيقاع بضحاياه وتخديرهم، وتمكن من تجنيد صديقَينِ للعمل معه في تخدير سائقي الأجرة.

صعد النقيب ضابط المفرزة إلى شقة مدحت، وطرق باب الشقة. فتح مدحت الباب في هدوء، استسلم دون مقاومة، قال بأسى للضابط: «كنتُ متأكدًا أنكم ستصلون إليَّ.. لقد تعبتُ من الهروب، وما أنا إلا إنسان فاشل».

المُترجِم الأمريكي

لم يكن أمام رجال الشرطة إلا أن يحطموا باب الغرفة، ليكتشفوا أنهم يواجهون جريمة قتل بشعة. سمع أحد الجيران بعض الصرخات المكتومة تصدر من الشقة التي يسكنها المترجِم الأمريكي، وهو شاب في الثامنة والعشرين، جاء مع إحدى الشركات الأمنية الخاصة التي تقوم بحماية وحراسة أحد المباني في منطقة الكرادة الشرقية. وفي البداية اعتقد الجار أن هذه الصرخات مصدرها جهاز التلِفزيون، لكنه سرعان ما قلق، فاتصل بالشرطة. دخل ضباط شرطة الكرادة مع خبراء الطبعة الجرمية إلى غرفة نوم الأمريكي، حيث شاهدوا جثته ملقاة على الفراش، وقد تلقى عدة طعنات قاتلة أودت بحياته. كانت غرفة النوم مبعثرة، كأنها تنطق بالمعركة التي شهدتها بين القتيل والقاتل المجهول.

وبينما ينحني المقدم خبير الطبعة الجرمية ليدقق ويفحص بعض البصمات التي لوثتها الدماءُ والتي رجح أن تكون بصمات القاتل المجهول، كان ضباط التحقيق يُدققون في فحص جثة الأمريكي

القتيل دون أن يحركوها من مكانها فوق الفراش. لاحظ أحد الضباط أن يد الأمريكي القتيل تقبض على شيء ما، فأسرع يرتدي قفازه لينتزع هذا الشيء بصعوبة، فإذا هي خصلة شعر سوداء، بينما شعر القتيل أشقر. وفي الوقت نفْسه انحنى الضابط الثاني بجوار السرير، وعندما نهض كان يحمل في يده زرَّينِ صغيرَينِ عثر علَيهما في أحد الأركان، وعاد ينظر إلى القتيل، ليجد أن قميصه مكتمل الأزرار. هكذا ترك القاتل المجهول خلفه في مسرح الجريمة زرَّينِ من قميصة وخصلةً من شَعره، وجثة قتيل أمريكي.

وعندما أُبلغت القوات الأمريكية القريبة من المنطقة، حضرت مجموعة منهم إلى شقة القتيل، وصورت مسرح الحادث، واستفسرت من رجال الشرطة عن أسباب الجريمة ودوافعها، ولكن رجال الشرطة يعرفون أن في مثل هذا النوع من القضايا ليصلوا إلى القاتل لا بدّ أولًا أن يعرفوا كل شيء عن القتيل.

وهكذا لم يكن صعبًا أمام المحققين العراقيين أن يكتشفوا أن المترجِم الأمريكي شاذ جنسيًّا بعدما عُثر في دولاب ملابسه على بعض الملابس الداخلية النسائية المثيرة، واتضح أن القتيل ارتدى قطعة منها قبل مقتله. وعلى الرغم من ذلك، أخذ رجال الشرطة يسابقون الساعات، ويلتقون عشرات الأشخاص من الجيران ومن المترددين على العمارة ومن أصدقاء الأمريكي القتيل.

ومن هؤلاء الأصدقاء عراقية تعمل مترجمة في إحدى الشركات

التجارية الأمريكية. وعندما التقى ضابط التحقيق المترجمة العراقية، تكلمت لتقود رجال الشرطة إلى الخيط الأول لاكتشاف غموض الجريمة.

أخبرتهم المترجمة بأنها زارت منذ أيام المترجم الأمريكي، وهو صديقها وصديق زوجها العراقي، لتحدثه عن سفرة تقوم بها إلى البصرة مع الشركة التي تعمل معها، وبينما يتحدثان، دق باب الشقة، وذهب الأمريكي يفتحه، وكان الطارق شابًا وسيمًا نحيلًا، وقف يترنح على باب الشقة زائغ النظرات. وكان واضحًا أنه يعرف الأمريكي، الذي أُصيب بالضيق عندما فتح ووجده، فلم يرحب به، بل نهره وطلب منه الانصراف. وعندما سألت المترجمةُ العراقية المترجِمَ الأمريكيَّ: «مَن هذا الشاب؟»، أجابها: «إنه شخص تافه.. عرفتُهُ منذ وقت قريب!».

لكنَّ المعلومة المثيرة التي اكتشفها رجال الشرطة أن الشاب نفْسه شُوهد يخرج من العمارة مرتبكًا في وقت معاصر لوقت ارتكاب الجريمة.

هكذا ضاقتْ حلقة البحث، وبدأ رجال الشرطة يجمعون المعلومات، وأجروا التحريات حول هذا الشاب مجهول الهوية، والذي لم يعد مجهولًا بالنسبة إليهم. وبعد ساعات من التحريات الواسعة التي شملت مناطق مختلفة من بغداد، بدأت الحقيقة تتضح.

اكتشف المحققون أن هذا الشاب طالب فاشل أدمن شرب الكحول، ولأنه وحيد والده الذي يعمل مهندسًا في إحدى الشركات الأمريكية

في الخليج، فقد حاول الأب أن يبعده عن حدة الإدمان والانحراف، فأرسله إلى أمريكا ليكمل دراسته. وهناك تعرف على المترجِم الأمريكي وربطتهما علاقة جنسية شاذة، وقد عاد الطالب منذ أشهر إلى بغداد، فحاول الاتصال بالمترجِم الأمريكي، وفُوجئ به يلقاه بنفور ويحاول التهرب منه.

وعندما ذهب رجال الشرطة لإلقاء القبض على الطالب، عثروا على دليل الجريمة.

✳✳✳

وجد رجال الشرطة الطالبَ مرتديًا ساعة يد المترجِم الأمريكي القتيل. وعندما فتشوا صندوق سيارته، عثروا على مجموعة من ملابس المترجِم القتيل.

وحينها انهار، واعترف بجريمته، فبعدما يئس من الاتصال بالقتيل، ذهب إليه دون موعد. لكنه المترجِم فُوجئ به، وحاول أن يغلق باب الشقة في وجهه. لكنه استطاع أن يدفعه ويدخل الشقة ويمارس الجنس مع المترجِم القتيل عنوةً.

وقال أيضًا إنه في ليلة الحادث ذهب إليه مترنحًا تحت تأثير الكحول، فدق جرس الباب، ثم اختفى جانبًا حتى لا يشاهده المترجِم من العين السحرية الموجودة بباب الشقة، واطمأن المترجِم وفتح الباب. وهنا اندفع هو ليقتحم المكان، وحاول أن يكرر فعلته مع المترجِم

162

الأمريكي، لكنَّ مفأجاةً مذهلة أفقدته صوابه؛ ذلك أن المترجِم قال له: «ما دمتَ مُصِرًّا، فلا مانع لديَّ. لكن يجب أن أخبرك بحقيقة مهمة.. إنني مصاب بالإيدز!»، اتسعت عينا القاتل ذهولًا، ومضى المترجم يقول: «لقد شككتُ في الأمر، فأرسلتُ عيِّنةً من دمائي لتحليلها في أمريكا. ولقد تلقيتُ الرد، وهذه هي نتائج الفحص التي تؤكد أنني مصاب بالإيدز!».

ومادت الأرض بالقاتل؛ فمعنى ذلك أنه التقط عدوى الإيدز من المترجِم الأمريكي، ووجد نفْسه يصرخ: «قتلتَني.. قتلتَني»، ودون أن يشعر استل سكينه، وطعن بها المترجِم الأمريكي الذي حاول أن يقاومه، واستطاع أن يجذب خصلة من شَعره، وهُرع إلى النافذة صارخًا مستغيثًا، لكنه أسرع خلفه ليكمل الإجهاز عليه. وبعد أن قتله، دخن سيجارة، ثم نزع ساعته، وأخذ بعض ملابسه، وأسرع مغادرًا الشقة.

أكملت الشرطة العراقية والأمريكية التحقيق مع الطالب القاتل، وقد كشفت التحقيقات عن أكثر من مفاجاة، لعل أغربها أن القتيل لم يكن مصابًا بالإيدز.

قارئة الفنجان واستكان الشاي

كل واحد يتمنى أن يجلس إلى صاحبة الخيرة وفتَّاحة الفال في دريونة العزة في شارع الكفاح، وأن يشرب معها استكان الشاي؛ ليسمع ما تشاهده في بوصلة مليئة بالأحاجي والأدعية والطلاسم والتعاويذ، مثل: أمامك سفرة طويلة- هنالك مشاغل في العمل- سوف تتزوج قريبًا. أما إذا كانت امرأة فهي تسأل: هل يحبني زوجي؟ هل عنده امرأة أخرى؟ وما شكل هذه المرأة؟ هل تقف في طريق سعادتي الزوجية؟ هل هي سمراء أم شقراء؟ وهل ستفوز بالغنيمة؟ أم تحتفظ الزوجة بزوجها؟

كل ذلك وقارئة البخت العجوز تعطي الناس ما يريدونه، وتبيع لهم الأحلام والأوهام، وتصور لهم الطريق مفروشًا بالورد والريحان، فتزداد شهرتها وثروتها.

لكنها فشلت في أن تقرأ أسرار طالعها..

ذات صباح، وقف أحد جيرانها يرتعش من الخوف والانفعال في

مركز شرطة باب المعظم ليخبر ضابط المركز:

- سيدي، لقد جئتُ لأبلغك بحدوث جريمة قتل بشعة!

سأله ضابط المركز: «قتل مَن؟».

أسرع الضابط معه إلى منزل قارئة الخيرة، وفي الطريق روى الجار ما حدث:

لقد تعودت المرأة العجوز على استقبال كثيرٍ من الزوَّار كل يوم ممَّن يطرقون بابها منذ الصباح الباكر، ولا يتوقف زوَّارها طوال اليوم، يحضرون إليها من كل مكان. لكننا لاحظنا منذ يومَينِ أن الزوار يحضرون ويطرقون بابها، لكنها لا تفتح، فينصرفون. ثم يحضر غيرهم يدقون الباب، وما من مجيب. وقد تكرر هذا المشهد، حتى شعرنا بالريبة؛ لأن قارئة الخيرة العجوز تعيش بمفردها مع ابنها الشاب، ونادرًا جدًّا ما تغادر المنزل؛ بسبب سوء صحتها، وليس لها أقارب أو أصدقاء تزورهم. ثم زادت شكوكنا عندما تذكرنا أننا لم نشاهد ابنها أيضًا طوال هذَين اليومَينِ، فطرق أحد الجيران على الباب، لكنها لم تفتح. ما اضطره إلى كسر الباب، ودخلنا جميعًا، ويا للهول ما رأينا؛ كانت المرأة العجوز المسكينة ملقاة على الأرض جثة هامدة وسط بركة من الدماء، فأسرعتُ إليكم أبلغكم.

***

من الدقيقة الأولى، أدرك ضابط المركز أن الجريمة ارتُكبت بدافع

السرقة؛ فمحتويات الغرف مبعثرة في كل مكان، وتدل على أن القاتل لصٌّ، أخذ يبحث في جنون عما يمكن سرقته، لكن أبشع ما شاهده ضابط المركز، لم يكن الضربة القاضية التي تلقتها قارئة الخيرة على رأسها فأودت بحياتها، لكنه عندما تمعن في الجثة وجدها مقطوعة اليدَينِ. فيما بعد، عرف أن قارئة الخيرة كانت تُحلِّي يدَيها بعدد كبير من الأساور الذهبية، ولم يستطع القاتل المجهول أن ينزعها من يدَيها، فقطع اليدَينِ بالأساور.

فتش ضابط المركز أرجاء البيت، حتى عرف سر هذه الفعلة الشنعاء. عثر على دفتر توفير من أحد البنوك يفيد أنها وضعت كل ثروتها في البنك، وأكد له الجيران أنها لا تحتفظ في منزلها بنقود كثيرة. وهنا أدرك السبب؛ فحين لم يجد المجرم نقودًا يسرقها، قطع يدَي قارئة الخيرة ليستولي على حليها الذهبية.

وقبل أن يغادر الضابط المنزل، لفت نظره وجود استكان شاي فارغ موضوع على المائدة وسط غرفة النوم، فهل كان استكان الشاي مفتاح الجريمة؟

❋❋❋

في مثل هذه الجرائم يسير رجال الشرطة في خطَّينِ متوازيَينِ لكشف غموض الحادث؛ الأول إجراء شبه روتيني بفحص سجلات وقيود السراق الخطرين والخارجين حديثًا من السجون أو التوقيف والمشهور

عنهم ارتكاب جرائم السرقة مصحوبة بالعنف، والذين يعملون في المنطقة نفْسها. أما الاتجاه الآخر، فتتحرى الشرطة حول المترددين على صاحبة الدار والمحيطين بها؛ لمحاولة حصر التحريات في الأشخاص الذين يُمكنهم ارتكاب هذه الجريمة.

في البداية حاول الضابط التأكد من أن الجريمة ليست بسبب عداوة أو مسألة شرف أو غيره من الدوافع الشخصية، وأن يتأكد من أن قطع يدَي العجوز ليس للتمويه والإيهام بأن الجريمة تمت بدافع السرقة. لكن التحريات أكدت بصفة قاطعة أنه لا توجد مشكلات بين العجوز قارئة الخيرة وبين أي إنسان. إذنْ فالجريمة وقعت بسبب السرقة، ولكن السؤال: مَن القاتل؟

كان من الطبيعي في البداية أن تثور الشبهات حول أقرب الأشخاص إلى المرأة العجوز: ابنها الشاب، وكان ذلك شيئًا منطقيًّا؛ لأن الجميع أكدوا أنه اختفى قبل الحادث، ولم يشاهده أحد في اليومَينِ الأخيرَينِ قبل اكتشاف الحادث. ولم يستبعد ضابط المركز أن يكون الابنُ هو القاتلَ، لكنَّ شيئًا في أعماقه رفض هذه الفكرة؛ فقد يُغري الشيطان ولدًا بقتل أمه، لكن أن يقوم بالتمثيل في جثتها وقطع يدَيها بسكين ليستولي على أساورها؛ فهذا شيء مستبعد، خاصة أن الجيران أكدوا أن ابن الضحية شاب مستقيم مشهود له بحسن الأخلاق والسيرة، وأثبتت التحريات براءة الابن من تهمة قتل أمه؛ لأن الشاب عندما عاد، ذكر أنه كان مكلَّفًا بواجب إيفاد من دائرته التي يعمل بها

بالسفر إلى أربيل؛ لإنهاء بعض الأعمال المتعلقة بدائرته. وتأكد الضابط من صدق أقوال الابن، خاصة بعدما عرف أنه لم يكن وحده في رحلة العمل، بل كان معه اثنان آخران، أكدا أنهما لم يفارقاه طوال السفر، ولا يمكنه أن يغافلهما ويعود إلى بغداد ليرتكب الجريمة، ثم يعود مرة أخرى إلى أربيل دون أن يشعرا بذلك.

وهكذا وجد ضابط المركز نفْسه أمام السؤال نفْسه: إذنْ مَن القاتل؟

❋❋❋

أخذت دائرة جمع المعلومات والتحريات تضيق شيئًا فشيئًا، حتى تركزت حول شخص واحد. هذا الشخص هو شاب من أصدقاء ابن قارئة الخيرة، وقد أشارت الشبهات إلى هذا الشاب لعدة أسباب: أولها أنه صديق حميم لابن قارئة الخيرة، وفي إمكانه أن يتردد على منزلها سواء كان ابنها موجودًا أم لا؛ لأن السيدة العجوز أحبته وأشفقت عليه، وتعامله بحنان مثل ابنها تمامًا. والسبب الثاني أنه فشل في دراسته بسبب تعلقه بإحدى الفتيات وغرامه الشديد بها، وعرف ضابط المركز من خلال تحرياته السرية أن الطالب الفاشل تقدم إلى أُسرة الفتاة لخطبتها، لكنَّ طلبه قُوبل بالرفض والسخرية، وأخبره والد الفتاة بأنه لا يمكن أن يزوجه ابنته وهو لا يزال طالبًا فاشلًا دراسيًا، يعتمد إلى الآن في مصروفه على أُسرته، وتأكد للضابط أنه لا بدّ من أن تكون للطالب الفاشل علاقة بقتل المرأة العجوز.. لكن ينقصه الدليل!

169

حصل ضابط المركز على موافقة قاضي التحقيق بتفتيش منزل أُسرة الطالب الفاشل، وتفاجأ والده برجال الشرطة يدخلون المنزل ويفتشون كل مكان. ووقف ضابط التحقيق ليواجة الطالب، فلم ينكر الطالب معرفته بالمرأة العجوز.

قال: «نعم أعرفها؛ فهي أم صديقي، وأتردد على منزلها لأزور ابنها أو لتقرأ أحيانًا بختي!».

قال له ضابط التحقيق: «لقد وجدنا بصمة أصابعك على استكان الشاي الموجود في غرفة المرأة العجوز».

وجم الطالب لحظات من المفاجأة، لكنه تمالك نفسه وقال: «وماذا في ذلك؟ لقد ذهبتُ إليها لتقرأ الخيرة لي، وشربتُ عندها الشاي، ثم انصرفتُ».

قال الضابط: «بصمة أصابعك على الاستكان تؤكد وجودك في مسرح الجريمة».

بجرأة رد الطالب: «البصمة قرينة وليست دليلًا. إنها تؤكد أنني كنتُ هناك، لكنها لا تؤكد أنني القاتل. فلو كان لديك دليل، قدمه إليَّ!».

وقف ضابط التحقيق حائرًا أمام جرأة الطالب المتهم، وفكر في أن يقبض عليه ويقدمه كمشتبه لقاضي التحقيق، لكنه يعلم أنه بلا دليل، وأن قاضي التحقيق سيطلق سراحه في الحال. وقبل أن يغادر

غرفة الطالب، لمح الضابط شيئًا غريبًا، شاهد آثار صبغ حديث في أحد أركان غرفة الطالب، لم يكن الجدار كله مصبوغًا، بل جزء بسيط منه. والتفت الضابط إلى أحد رجال الشرطة قائلًا: «أحضر لي فأسًا»، وهنا زاغت نظرات الطالب، حفر الضابط الحائط في مكان الصبغ الحديث، لم يحفر كثيرًا، وبعد دقائق توقف، وأشار إلى الطالب قائلًا: «هذا هو الدليل».

وفي داخل تجويف الحائط كان الدليل يَدَي قارئة الخيرة، وبهما الأساور الذهبية.

أغمي على الطالب، وبعد أن أفاق، اعترف بأنه قتلها:

- كانت تقرأ لي بختي في الفنجان، وتؤكد لي أنني سأفوز بحبيبتي، وسأتزوجها على الرغم من معارضة أهلها بسبب فقري. في يوم الحادث، ذهبتُ إليها، نظرت في الفنجان، وقالت لي: إن مشكلتي في طريقها إلى الحل، وإن امرأة ستكون هي طريقي إلى زواج حبيبتي. وفي لحظة هزمني فيها شيطاني، ففكرتُ وقلتُ لنفْسي: إذنْ ستكونين أنتِ هذه المرأة. غافلتُها وضربتُها بسكين، بحثتُ عن نقودها، فلم أجد شيئًا. حاولتُ أن أنزع أساورها، فلم أستطع فاضطررتُ إلى قطع يدَيها، وحملتُهما في كيس، وخبأتُهما في حفرة في جدار غرفتي. وأعدتُ صبغها منتظرًا أن تهدأ الحادثة، ثم أبيع الحلي الذهبية. لكن الله كتب أن يُفضح أمر جريمتي.. لقد ظلمتُ هذه المرأة!

المطرب وذكريات الألم والحسرة

صعد المطرب المعروف على خشبة المسرح، فقابله الجمهور بعاصفة من الحنان والتصفيق، ووقف يُحيي جمهوره، بينما أخذ أفراد فرقته الموسيقية بملابسهم الأنيقة المتميزة أماكنهم خلفه، واستعدوا للعزف على آلاتهم الموسيقية، وتعالت صيحات بعض المتفرجين يطالبونه بغناء بعض أغنياته الشهيرة التي لاقت رواجًا في السنوات الماضية.

ابتسم المطرب، واستعد للغناء. لا يتذكر كم مرة واجه فيها الجمهور المتعطش للسماع والطرب، بل لا يذكر عدد السنوات التي احترف فيها الغناء.. فقط يذكر نفسه وهو طفل صغير يجوب درابين وأزقة مدينة الناصرية، ويستمع بكل شغف إلى المطربين الريفيين يحيون حفلات الزفاف، ويذكر كيف حفظ كل الأغاني الشعبية والأبوذية التي كان مطربو هذا الزمان ينشدونها، وكيف بدأ يغني وهو يسمعهم، حتى عرض عليه مطرب قديم أن يغني معه في إحدى الحفلات التي يحييها في أحد الأقضية. تذكر رحلته عندما جاء إلى بغداد وترك القرى والمدن

التي غنى فيها، وكيف كافح وعانى ليصبح واحدًا من أشهر المطربين في بغداد وفي الإذاعة والتلفزيون. وتنبه المطرب في شروده على صوت أحد المستمعين: «اسمعنا.. محمداوي يا أستاذ».

نظر المطرب بأسى نحو جمهوره، وتنهد، ثم استدار ليشير لأفراد الفرقة الموسيقية ليعزفوا له كلمات الأبوذية التي طلبها المستمع.

عانى كثيرًا حتى أصبح مطربًا شهيرًا. عندما فكر في البداية أن يهجر مدينته ويأتي إلى العاصمة بغداد، لم يكن أحد يعرفه أو حتى يؤمن بموهبته، وظل يقنع متعهدي الحفلات بأن يعمل معهم، وقد وافق أحدهم بشرط أن يحصل على النسبة الكبيرة من أجره في الحفلات التي يشارك فيها، وقد وافق على ذلك الشرط، بل غنى في مناسبات وأفراح من دون مقابل؛ فقد أراد أن يُسمع صوته من قِبَل أكثر الناس، لكن الأمور تغيرت بعد سنوات، وتردد اسمه وعرفه الناس وطلبوه ليغني في أفراحهم وحفلاتهم، وقتها كان في ريعان شبابه، وقد عانى كثيرًا من التنقل والترحال المستمر بين المدن والمحافظات، وفكر في أن يتزوج ليتذوق طعم الاستقرار، حتى يجد عندما يعود، في نهاية كل سهرة مرهقًا، زوجة تؤنس وحشته.

غنى في إحدى الحفلات العائلية، وحدَّث أحد أصدقائه برغبته في الزواج، وفُوجئ بالصديق يشجعه، بل ورشح له إحدى قريباته، وسريعًا تزوجها خلال أيام، وعاش سعيدًا طوال خمس سنوات أنجبت له فيها ولدًا وبنتًا، لكن أيام سعادته لم تدم؛ لأن زوجته ضعيفة الجسد معتلة

الصحة، سرعان ما مرضت، ثم توفيت راحلة عن الدنيا، لتتركه مع أحزانه والصغيرَينِ اليتَمَينِ! وهنا شدا المطرب من قلبه وهو يعتصر أحزانه قائلًا بصوته الشجي:

أبد ليلي جروح عيب الطيب وشاف
ولا ينكص دمعه العين وشاف
يحيي ولفي تجي للدار وشاف
أظلمت ذيج الكبل جانت زهية

رد السامعون: «الله.. الله.. يحفظك الله ويصون صوتك!».

***

وتعقد في حياته، كان يقضي لياليه يغني للناس، وقلبه حائر ممزق، وفكره مشتت ملهوف على طفلَيهِ الصغيرَينِ اللذَينِ تركهما وحدهما في المنزل، ويعود مسرعًا قرب الفجر، فيجدهما قد ناما دون أن تمس أيديهما طعام العشاء، وقد التصق الصغيران في فراش واحد، وأمسك كل منهما يد الآخر في خوف، حتى وهما نائمان! وظن أنه لن يستطيع أن يتحمل هذه الحياة الشاقة طويلًا؛ فقد اكتشف أنه لا يستطيع أن يمضي في الغناء وفي رعاية الصغيرَينِ في الوقت نفْسه، لكن عندما ضاقت به الدنيا وأصبح في غاية الهم والحزن، ظهر الفرج فجأةً. كان يُغني في حفلة عرس، وفجأةً دخلت مجموعة من البنات في وسطها فتاة حسناء رائعة الجمال، بدت كأنها القمر وحولها النجوم، تاج يزين جمالها الفريد المميز. لم يعرف كيف خفق قلبه، وكيف غنى في هذه

الليلة من أعماقه، كأنه يغني للحسناء التي لا يعرف حتى اسمها! لكنه في نهاية الحفل تجرأ واقترب منها وسط دهشة الحضور وسألها عن اسمها، فأجابت وحمرة الخجل تصبغ وجهها، وعندما سألها عن اسم والدها وعنوان بيتها، لم تردَّ، وسارعت إحدى صديقاتها بإعطائه الاسم ورقم التليفون والعنوان.

ويعد يومَينِ، طرق باب بيتها ليطلب الزواج منها، ووافقت أُسرة الفتاة. كانت يتيمة تُوفِّي والدها، فعاشت في كنف خالها. وكان حفل زفافهما حفلًا مشهودًا، فقد حضره مجموعة كبيرة من المطربين المعروفين؛ ليشاركوا زميلهم فرحته، ولم تسع الدنيا فرحته فعلًا! لقد وقع في الحب من أول نظرة، وتزوج الفتاة التي أحبها. ومن ناحية أخرى اعتقد أن مشكلة رعاية طفلَيهِ الصغيرَينِ ستنتهي، فلا بد أن زوجته المحبوبة سترعاهما كأنهما طفلاها، لكنه كان واهمًا.

مر شهر العسل سريعًا، وبدأت شهور القهر الطويلة، وتفتحت عيناه بعد شهور من الزواج ليجد جمال زوجته يتلاشى أمام سلاطة وخشونة لسانها وتحررها الزائد ولا مبالاتها به أو حتى بالطفلَينِ الصغيرَينِ. وعلى الرغم من أنه أغدق عليها بالهدايا والنقود وأحاطها بالرعاية والحنان، إلا أنها أعطته في المقابل جفاءً وصدًّا. وكان يمكنه أن يتحمل كل ذلك، لو كانت مخلصةً!

اكتشف أن زوجته الشابة ذات عينَينِ لا تعرفان الخجل، تتطلع إلى وجوه الرجال الذين يزورونه للاتفاق على الحفلات بجرأة وصفاقة

غريبة. بل لا تتورع عن الحديث معهم وإقحام نفسها بشكل فاضح في جلساته مع زواره وأصدقائه. وإذا عاتبها، انفجرت ثائرة في وجهه متهمة إياه بأنه رجعي وغير متحرر العقل. وعانى من جديد من الزوجة اللعوب التي تغادر المنزل وقتما تريد، وتعود عندما تريد، وتصر دائمًا على عدم الإفصاح عن سبب خروجها أو المكان الذي ذهبت إليه! وكلما ضيَّق الخناق حولها، زادت في طيشها ورعونتها. وذات يوم عاد إلى البيت حزينًا ومرهقًا، ودخل إلى الحمَّام؛ لعل المياه تطفي نيران غيظه وحزنه. وعندما خرج من الحمَّام، فُوجئ بها تواجهه وهي مكشرة غاضبة صاحت فيه: «أين خاتمك؟»، تلفت حوله باحثًا عن الخاتم، لقد خلعه قبل أن يدخل الحمَّام خوفًا من أن يسقط منه، لكنه لم يجد الخاتم، على الرغم من أنه كان واثقًا بأنه خلعه قبل دخول الحمَّام. صاحت مزمجرة:

– آه منك! لعلك أهديته إلى إحدى المعجبات. ومن الجائز أن لك زوجة أخرى غيري وقد نسيته عندها!

نظر إليها حائرًا عاجزًا عن الرد. ثم قال:

– صدقيني لقد خلعتُهُ هنا قبل أن أدخل الحمَّام!

قاطعته صارخة: «لا تحاول أن تخدعني! لا بدّ أن في حياتك امرأة أخرى.. وأنا لا أستطيع أن أعيش معك من هذه اللحظة. سأعود إلى بيت اهلي!».

وقبل أن يرد، اندفعت إلى الخارج صافقةً الباب خلفها بعنف مثل عاصفة هوجاء! ودفن رأسه بين يدَيهِ في يأس، ولم يعد يعرف ماذا يفعل

مع هذه المرأة! لقد استخدمتْ مكرها مقابل طيبته.. وبدلًا من أن تغير تصرفتها الطائشة، اتهمته بالخيانة.

أفاق على يد صغيرة تربت على كتفه، نظر ليجد طفله الصغير يحاول أن يواسيه، لكن المفاجأة التي عقدت لسانه أنه عندما ضم الطفل إلى صدره في حنان، قال له ولده:

- لا تصدِّقها يا أبي. لقد شاهدتُك وأنت تخلع خاتمك قبل أن تدخل الحمَّام.. فهل تعرف أين ذهب؟

سأله الأب ملهوفًا:

- أين ذهب الخاتم؟

قال الطفل ببراءة:

- أخذته زوجتك، وأخفته بين طيات ملابسها الداخلية!

وأصبح واثقًا بأنها لجأت إلى هذه الخدعة لتغادر البيت إلى منزل أهلها، حيث لا رقيب عليها هناك؛ فخالها يغادر منزله كل صباح مع أولاده إلى مزرعته في طريق جسر ديالي، ولا يعودون إلا مع الغروب.

ومضت أيام، وذات يوم فُوجئ بشرطي يدق باب بيته، فسأله مذعورًا:

- خير؟

قال الشرطي بحرج:

- ارتدِ ملابسك، وتعالَ معي.. لتتعرفْ على زوجتك!

سأله مندهشًا:

- وهل أنا بحاجة إلى أن أتعرف على زوجتي؟

رد الشرطي:

- بل أقصد أن تتعرف على جثتها!

وتذكر هذا اليوم المشؤوم، عندما ذهب مع الشرطي إلى شقة في الجادرية، ليجدها غاصة برجال الشرطة، وليجد زوجته مصابة بعدة طلقات نارية في رأسها وأنحاء جسمها وغارقة في دمائها. أما القاتل؛ فهو عشيقها الذي عاد إلى الشقة ليجدها مع شاب غريب آخر، فلم يتحمل العشيقُ المشهدَ، فأسرع إلى مسدسه بعد أن هرب صديقها الغريب، فأطلق عليها النار، فأردها قتيلة في الحال، وسلم نفْسه لمركز الشرطة.

أوشكت الأبوذية على نهاية سطورها الأخيرة، وقد استعاد المطرب وهو يغني كل لحظات حياته، فردد السامعون معه الآهات والأنين.

— ❋❋❋ —

المحتويات